Lendo & Relendo

CRÔNICA

Antologia de crônicas
Crônica brasileira contemporânea

Carlos Heitor Cony
Lourenço Diaféria
Ignácio de Loyola Brandão
Ivan Angelo
Luis Fernando Verissimo
Marina Colasanti
Mario Prata
Domingos Pellegrini
Walcyr Carrasco
Fernando Bonassi

Organização e apresentação de
Manuel da Costa Pinto

1ª edição

© DOS AUTORES E DO ORGANIZADOR

COORDENAÇÃO EDITORIAL María Inés Olaran Múgica
Maristela Petrili de Almeida Leite
EDIÇÃO DE TEXTO Erika Alonso
COORDENAÇÃO DE PRODUÇÃO GRÁFICA André Monteiro, Maria de Lourdes Rodrigues
COORDENAÇÃO DE REVISÃO Estevam Vieira Lédo Jr.
EDIÇÃO DE ARTE, CAPA E PROJETO GRÁFICO Ricardo Postacchini
ILUSTRAÇÕES Eduardo Albini
DIAGRAMAÇÃO Ricardo Yorio, Camila Fiorenza Crispino
COORDENAÇÃO DE TRATAMENTO DE IMAGENS Américo Jesus
TRATAMENTO DE IMAGENS Fábio N. Precendo
SAÍDA DE FILMES Helio P. de Souza Filho, Marcio Hideyuki Kamoto
COORDENAÇÃO DE PRODUÇÃO INDUSTRIAL Wilson Aparecido Troque
IMPRESSÃO E ACABAMENTO Log&Print Gráfica, Dados Variáveis e Logística S.A.
Lote: 791010
Código: 12047555

**Dados Internacionais de Catalogação na Publicação (CIP)
(Câmara Brasileira do Livro, SP, Brasil)**

Antologia de crônicas : crônica brasileira
contemporânea / organização e apresentação de
Manuel da Costa Pinto. — 1. ed. — São Paulo :
Moderna, 2005. — (Lendo & relendo)

Vários autores.

1. Crônicas brasileiras - Coletâneas I. Pinto,
Manuel da Costa. II. Série.

05-3150 CDD-869.93

Índices para catálogo sistemático:
1. Antologia : Crônicas : Literatura brasileira 869.93
2. Crônicas : Antologia : Literatura brasileira 869.93

ISBN 85-16-04755-5

Reprodução proibida. Art.184 do Código Penal e Lei 9.610 de 19 de fevereiro de 1998.

Todos os direitos reservados

EDITORA MODERNA LTDA.
Rua Padre Adelino, 758 - Belenzinho
São Paulo - SP - Brasil - CEP 03303-904
Vendas e Atendimento: Tel. (0_ _11) 2790-1300
Fax (0_ _11) 2790-1501
www.modernaliteratura.com.br
2024

Impresso no Brasil

1 3 5 7 9 10 8 6 4 2

SUMÁRIO

CRÔNICA, O MAIS BRASILEIRO DOS GÊNEROS
LITERÁRIOS — MANUEL DA COSTA PINTO 07

CARLOS HEITOR CONY 15
O menino e o velho
Lamento de Natal
O assombro das noites
Lição de vida
Céus e terras
Brasil brasileiro
Edição final
O bom e o mau
O viés das palavras
Eu e a brisa

LOURENÇO DIAFÉRIA...37
Mais uma história daquelas
Por favor, não me chamem de antigo
Crônica para o dia do professor
Cheiro de sabatina
Conversa de grego
Era um ratinho branco

IGNÁCIO DE LOYOLA BRANDÃO 61
A última crônica do século e do milênio
Padaria de São Paulo é instituição social
A humilhada raça dos "não-clientes"
Sonho de lua de mel
O homem com a trágica notícia
Fellini sabia mais que nós todos

IVAN ANGELO 88
Segredo de Natal
Receita de felicidade
Sucesso à brasileira
Novas armas
Três derrotas
Corações destroçados

LUIS FERNANDO VERISSIMO..................................112
Hierarquia
Torre de Babel
Caras novas
Incidente na casa do ferreiro
O flagelo do vestibular
Retrato falado
A frase
O coquetel dos gênios
Perdição
Livre
Silogismos

MARINA COLASANTI 157
Quem tem olhos
A zebra
E a múmia tinha bolsa
No zoológico em companhia
Na praça Jemaa-el-Fna
Amai o próximo, etc...

MARIO PRATA............182
Naquela mesa tá faltando um...
Você venceu
Escatológica crônica bizarra
Da importância do diploma
Conto na conta
O lugar

DOMINGOS PELLEGRINI............201
Os náufragos
Para onde vão os vaga-lumes?
Sopa de macarrão
De pai para filho
As melhores coisas
Casal moderno

WALCYR CARRASCO............225
Aprendiz de cozinheiro
Véu, grinalda e facadas
A vida pelo telefone
Chique no último!
Os pequenos malabaristas
Diários na web

FERNANDO BONASSI............252
Carnaval de paulista
Engenharia genética
Três instantâneos em trânsito
Os caçadores
O fluxo infindável dos parasitas
História da vida privada

NOTAS BIOGRÁFICAS............273

CRÔNICA, O MAIS BRASILEIRO DOS GÊNEROS LITERÁRIOS

A crônica não foi inventada no Brasil, mas em poucos países esse gênero literário atingiu o grau de excelência que conquistou aqui, a ponto de transformar-se na principal porta de entrada da literatura para boa parte do público. Nossos cronistas, mais do que nossos romancistas e poetas, frequentemente representam um primeiro contato com a arte da palavra, não sendo incomum encontrarmos leitores que conheceram Carlos Drummond de Andrade ou Fernando Sabino primeiramente como autores de pequenos fragmentos de reflexão cotidiana (que é uma das possíveis definições para a crônica). E isso pela simples razão de que estes autores — aos quais poderíamos acrescentar outros nomes ilustres como Mário de Andrade, Cecília Meireles, Oswald de Andrade e

José Lins do Rego — foram, além de poetas e ficcionistas, grandes cronistas, que desde sempre viram nesse gênero "menor", "jornalístico", uma oportunidade de expressar vivências excluídas dos gêneros tradicionais.

O romance combina elementos da épica (os antigos poemas narrativos) e do drama teatral (com várias personagens em cena), descrevendo as aventuras e desventuras de heróis exemplares, porém excepcionais. A poesia moderna deriva da lírica antiga e, por mais que tenha se distanciado das formas fixas, permanece sendo um gênero literário em que os temas subjetivos (amor, morte, memória etc.) se oferecem como ponto de partida para uma reinvenção da língua, para uma escrita que rompe com a linguagem corriqueira e nos convida a ouvir uma melodia ausente da fala cotidiana (essa a função da rima, das assonâncias, do ritmo).

Na crônica, ao contrário, estamos diante de experiências do homem comum, expressas em linguagem ordinária e publicadas regularmente nas páginas da imprensa, ou seja, nesses catalisadores da vida pública que são os jornais e as revistas. Em suma, a crônica não se enquadra na divisão clássica dos gêneros — épica, drama (subdividido em tragédia e comédia) e lírica. Sua matéria-prima são os fatos do dia a dia, as notícias curiosas, acasos e encontros muitas vezes surpreendentes, mas que podem ocorrer com qualquer um, acontecimentos que propiciam momentos de nostalgia, enternecimeno ou indignação compartilhados pelo cronista e os leitores. Sua linguagem procura captar o lirismo contido na simplicidade, a poesia embutida no diálogo das ruas, o encanto das gírias e dos palavrões, o sabor dos clichês linguísticos em que o senso comum se perpetua.

Embora não derive dos gêneros estabelecidos desde a Antiguidade, a crônica tem dois antecedentes históricos: 1) o *ensaio*, um tipo de texto criado pelo francês Michel de Montaigne no século 16, que mescla experiência autobiográfica e reflexão sobre o mundo com uma lapidação estilística que transforma sua leitura em algo comparável à fruição de um romance; 2) o *familiar essay* de origem inglesa, gênero de comentário e devaneio pessoal veiculado em jornais pelos chamados "folhetinistas".

A crônica incorpora essas características, a tal ponto que, num trabalho intitulado *O Ensaio Literário no Brasil*, o crítico Alexandre Eulalio afirma ser ela uma espécie de aclimatação da linhagem dos ensaístas: "A crônica, que é nosso *familiar essay*, possui tradição de primeira ordem, cultivada, desde o amanhecer do periodismo nacional, pelos maiores poetas e prosistas da época – não será necessário citar aqui outros nomes além dos de José de Alencar, Machado de Assis, Carlos Drummond de Andrade".

Deve-se notar, todavia, que a crônica agrega elementos que fazem desse gênero não apenas uma versão tropical do *familiar essay*, mas também um modo genuinamente brasileiro de perceber e representar a realidade.

Em primeiro lugar, a escrita em "tom menor" da crônica corresponde àquela autoimagem, criada ao longo de séculos de dependência econômica e importação de modelos culturais, de que o Brasil está fadado a orbitar na periferia do capitalismo, de que o país estaria apartado das grandes questões ocidentais (das quais seriam mero consumidor), de que esse filho ilegítimo da civilização europeia estaria condenado a discutir sua identidade etc. Esses temas vêm sendo exaustivamente debatidos desde os grandes ensaios de interpretação do país (como *Casa Grande e Senzala*, de Gilberto Freire, e *Raízes do Brasil*, de Sérgio Buarque de Holanda) e de movimentos como a Semana de 22 e a "Antropofagia" de Oswald de Andrade até obras de fôlego da historiografia literária, como *Formação da Literatura Brasileira*, de Antonio Candido.

Nesse contexto, a crônica aparece como o lado positivo de nossa problemática identidade nacional: a uma realidade apequenada, sem alcance ou possibilidade de utopia, corresponde um gênero que dá cor e forma às miudezas da vida cotidiana, que encontra no humor, no deboche e na banalidade uma expressão saudável dessa informalidade social que, em outros momentos, mascara desigualdades econômicas, autoritarismo e confusão entre as esferas pública e privada. Ironicamente, portanto, a crônica surge de uma espécie de complexo de inferioridade da sociedade e da literatura brasileiras, para se transformar num gênero autenticamente brasileiro, com um acervo de textos cuja riqueza poucas potências literárias conseguiram acumular.

Em segundo lugar — e como decorrência do que foi afirmado acima — , a crônica é o gênero que realiza de maneira mais feliz uma das palavras de ordem do modernismo: a superação do abismo que há, no Brasil, entre língua escrita e língua falada, entre linguagem literária e linguagem coloquial. Para poetas e escritores egressos da Semana de 22, o coloquialismo era uma forma de a literatura brasileira se desvencilhar dos modelos do passado e fundar sua singularidade em relação à literatura europeia. Duplo paradoxo, já que os ideais vanguardistas preconizados por nosso modernistas eram, também eles, uma importação europeia e que essa sintonia com os novos tempos equivalia a um retorno às origens profundas da língua, dos costumes e dos mitos nacionais (vejam-se, por exemplo, o Jeca Tatu de Monteiro Lobato ou Macunaíma de Mário de Andrade).

No plano poético e ficcional, a herança modernista derivou, posteriormente, em outras pesquisas formais, que incluem desde as obras experimentais de Oswald de Andrade e os concretistas até o realismo mágico de Guimarães Rosa ou o romance de sondagem psicológica de uma autora como Clarice Lispector. Foi com a crônica, portanto, que o projeto de aproximação da linguagem literária à dicção coloquial se deu de modo contínuo — e, não por acaso, os dois poetas que consolidaram essa tendência para um lirismo desinflado, cotidiano, foram também cronistas de mão cheia: Manuel Bandeira e Carlos Drummond de Andrade.

O apogeu do novo gênero — ou seja, o momento em que a crônica perde os vestígios de seus antecessores europeus, transformando-se na expressão rematada de uma forma brasileira de sentir e se situar no mundo — se dá a partir dos anos 1950 e 1960, com cronistas como Rubem Braga, Paulo Mendes Campos, Otto Lara Resende, Nelson Rodrigues e Fernando Sabino.

Fato notável, quase todos eram simultaneamente cronistas que escreviam regularmente em jornais ou revistas e escritores que praticavam outros gêneros literários — o que reforça a ideia de que a crônica, longe de ser um subproduto da ficção ou do ensaio, é um campo textual próprio, que oferece possibilidades expressivas que nenhum outro gênero proporciona.

•

No presente volume, o leitor encontrará textos de dez de nossos melhores cronistas contemporâneos. Apresentados em ordem cronológica, alguns deles estão em atividade há décadas; outros representam novas tendências da crônica brasileira — mas todos correspondem a um momento de renovação de nossa literatura e, principalmente, a um momento de transformação do país em que as vivências cotidianas (que são a matéria-prima dos cronistas) se encontram em xeque, em que os conflitos sociais ameaçam cancelar o espaço público e dissolver os laços de sociabilidade.

Nesse sentido, as crônicas aqui publicadas podem ser lidas sob dois enfoques. Do ponto de vista literário, renovam e ampliam o repertório da crônica "tradicional", sintonizando-a com os tempos atuais — seja no plano estritamente temático (textos que tratam do impacto da internet e dos celulares na vida cotidiana, ou que fazem uma crítica do narcisismo da sociedade do espetáculo), seja na atualização de certos procedimentos estilísticos (crônicas cujo *nonsense* está afinado com a velocidade do humor contemporâneo e enredos e personagens que se aproximam da nova literatura urbana brasileira).

De um ponto de vista de nossa situação presente, porém, a antologia tem um outro significado: alternando instantâneos de nostalgia e revolta, tolerância e protesto, riso e tristeza, as crônicas aqui reunidas são uma forma de resistência contra a desaparição daquilo que é sua própria razão de ser. Em meio ao caos e às injustiças galopantes da sociedade contemporânea, descobrem graça, harmonia, olhares de afeto e cumplicidade, enfim, sentimentos e lembranças que alimentam nosso senso crítico, pois nos ajudam a lutar por um lirismo que ainda respira nas casas e nas ruas.

Manuel da Costa Pinto

Manuel da Costa Pinto nasceu em São Paulo em 1966, é jornalista, mestre em Teoria Literária e Literatura Comparada pela USP, autor dos livros *Literatura Brasileira Hoje* (Publifolha, 2004) e *Albert Camus – Um Elogio do Ensaio* (Ateliê Editorial, 1998) e organizador e tradutor da antologia *A Inteligência e o Cadafalso e outros ensaios*, de Albert Camus (Editora Record, 1998). Foi editor da revista *Cult* entre 1997 a 2003. Atualmente, é colunista da *Folha de S.Paulo*, onde assina a seção "Rodapé", sobre literatura e livros.

CARLOS HEITOR CONY

O menino e o velho
Lamento de Natal
O assombro das noites
Lição de vida
Céus e terras
Brasil brasileiro
Edição final
O bom e o mau
O viés das palavras
Eu e a brisa

O menino e o velho

Aprendi com os meus maiores que não se deve chutar cachorro atropelado. E nada mais parecido com cachorro atropelado do que um ano que se vai, como este que hoje acaba e, segundo alguns, acaba tarde.

Lembro que o finado Jânio Quadros, que gostava de usar palavras fora do mercado, chamou um determinado ano de "poltrão". Com o jeito de falar que ele tinha, a palavra ficava obscena em sua boca.

No ano seguinte, ele nem teve oportunidade de xingá-lo. O próprio Jânio é que foi considerado um poltrão. Lembrando esse e outros exemplos que conheço, sou moderado na saudação do novo ano

— e digo "moderado" para não dizer "desconfiado". Quanto ao ano que se vai, tudo bem, entre mortos e feridos, se não se salvaram todos, salvei-me eu — e é o que conta.

Quando criança, garantiram-me que, no dia 31 de dezembro de cada ano, passava no céu um velho encarquilhado, com um saco às costas cheio de esqueletos, bombas, desventuras, cobras e lagartos. E que, do outro lado do céu, surgiria um menino rechonchudo, risonho, desses que ganham prêmio em exposições de puericultura, com uma faixa onde vinha, com números bordados, o novo ano.

Eu tinha pena do velho, embora não gostasse dele. Para onde ele iria com aquele monstruoso saco cheio de coisas perversas? E de onde vinha aquele menino gorducho, que em apenas 12 meses envelheceria rapidamente, calvo e anquilosado, arrastando um saco igual? Sentia um frio aqui dentro quando pensava que eu poderia estar naquele saco que o menino, por bem ou por mal, iria enchendo com os escombros do tempo e do modo de todos nós. Na verdade, nunca vi a cena da troca do velho pelo menino, nem no céu, nem aqui na Terra. Mas, quando olho para dentro de mim mesmo, pálido de espanto como aquele poeta que ouvia estrelas, descubro que o menino e o velho são a mesma coisa.

Lamento de Natal

Misturar Natal com órfão perdido na tempestade parece cena de um romance de Dickens[1], mas é seguramente um dos temas que mais rendem emoção e lágrimas. Pois aí está; sou órfão há algum tempo, perdi pai e mãe, mas já era adulto — e como! —, perdi outras coisas e nada achei de interessante para substituí-las. Mas a cada Natal penso sempre na desgraça que não tive e na tempestade que não enfrentei.

Lembrei os romances de Dickens, mas queria lembrar um filme antigo, acho que sou o único sobrevivente que ainda se lembra dele. Tinha uma péssima atriz, mas deslumbrante em sua carnação, a húngara Ilona Massey, e o cantor Nelson Eddy,

---

[1]. Romancista inglês do século XIX, autor de romances que retratam a realidade social de maneira muitas vezes melodramática.

cafonérrimo ator dos filmes da Metro daqueles tempos.

Não importa o enredo em si, mas uma cena que se passa num Natal. Durante a guerra de 1914-1918, uma guerra ainda de trincheiras, tropas alemãs e aliadas imobilizadas pela neve estão a poucos metros de distância umas das outras. Um soldado começa a cantar "Noite Feliz" em inglês. Do outro lado da terra de ninguém, começam também a cantar, só que em alemão, que me parece ser a língua original da canção que se tornou vinheta musical da temporada natalina, ao menos no Ocidente.

Há closes de soldados com os olhos cheios de lágrimas, lágrimas alemãs e aliadas. E na plateia, plateia da Tijuca, onde não havia um único alemão ou aliado, há soluços esparsos e abafados.

Sempre desconfiei dessa música de Natal. Tenho ímpetos homicidas quando a ouço, em qualquer situação. Prefiro o "Adeste Fidelis" ou aquela marchinha de Assis Valente, que pede a felicidade, "um brinquedo que não tem".

Para encerrar este lamento de Natal, nada melhor do que o sovado refrão dos textos antigos: "Bimbalham os sinos". É isso aí; com os sinos bimbalhando, mastigo sozinho o meu Natal e me considero um órfão na tempestade.

O assombro das noites

Nunca esqueci a noite em que, acordando de um pesadelo, vi luz acesa na sala e fui ver quem estava lá. Ajoelhada diante da mesa, cabeça baixa, terço nas mãos, tia Zizinha rezava, madrugada alta, tudo em silêncio, ela magrinha, parecia um passarinho molhado, sentindo frio.

Era devota, a minha tia, não deveria ficar impressionado, mesmo assim fiquei. Sabia que ela rezava por todos nós, por mim, pelo meu avô que estava doente, pelo mundo inteiro. Evitei que ela me visse e voltei para a cama, perdera o medo do pesadelo, sabia que os fantasmas não mais me assustariam.

Anos depois, muitos anos depois, viajava com o Otto Maria Carpeaux[2], fazíamos palestras agendadas por diretórios de estudantes, centros de estudos, era um mambembe não-remunerado e estranhíssimo, pois Carpeaux era gago, eu falava mal e pronunciava as palavras de forma errada, mesmo assim, havia gente que desejava ouvir-nos.

Em Florianópolis, num hotel modesto, acordei no meio da noite e olhei para a cama ao lado. Estava vazia. Carpeaux sofria de insônia, imaginei que ele, sem fazer barulho, na ponta dos pés, tivesse saído do quarto, tomando cuidado para não me acordar.

Não acendi a luz, mas saí da cama, fui à saleta anexa ao quarto, que também estava escura. Voltado contra a parede, numa direção que eu não podia determinar (Roma? Meca? Jerusalém?), Carpeaux estava de joelhos, cabeça baixa, os braços estendidos, como um anacoreta medieval, perdido num deserto sem estrelas.

Carpeaux era judeu vienense, convertera-se ao catolicismo, segundo alguns, para conseguir um visto no Vaticano que o tirasse da Gestapo, que o procurava. Eu sabia tudo sobre Carpeaux, menos o seu passado europeu, sobre o qual ele nunca falava. Não frequentava igrejas, evitava qualquer discussão sobre temas religiosos.

Tia Zizinha... Carpeaux... Uma noite dessas, tomo coragem e fico de joelhos diante de meus espantos.

---

2. Intelectual austríaco que se radicou no Brasil na década de 1940, tornando-se um de nossos grandes críticos literários.

Lição de vida

O avião era grande, desses que têm esquinas, escadas internas e segundos andares. Tive dificuldade de localizar o assento, no cartão de embarque o seis parecia um oito, ou vice-versa. A comissária de bordo veio me ajudar, indicou-me a poltrona, sorriu e, antes que eu agradecesse, ela disse: "Obrigada".

Fiz a cara de sempre, a de quem nada entende de nada. E, que me lembrasse, nada fizera para que merecesse o agradecimento de quem quer que fosse.

Ela compreendeu e acrescentou: "Li uma historinha sua no livro de minha filha e aprendi uma grande lição de vida". Outros passageiros engarrafaram o corredor e a conversa parou ali mesmo, ela

foi fazer a sua parte e eu fiz a minha, amarrando-
-me no assento e invocando meus santos preferidos
para que me protegessem.

Só depois fiquei pensando: que historinha teria
sido essa, com uma lição de vida — eu, que nada
aprendi da vida, que tanto quebro a cara a cada
dia e que sempre que posso, e mesmo quando não
posso nem devo, procuro justamente nada ensinar
do nada que não me canso de aprender?

Bem, o avião decolou, a viagem demoraria mais
de 11 horas, se houvesse oportunidade, eu tomaria
satisfações com a moça. Mas não foi preciso. Servi-
do o jantar, naquela hora em que todos procuram
dormir no avacalhado território que costuma ser
vendido como "o mais espaçoso e confortável", a
comissária veio com um caderninho que me parecia de endereços. Ela mesma acendeu a luz individual que me iluminaria e mostrou uma anotação
feita com tinta vermelha: "A melhor forma de se
encontrar é quando tudo está perdido".

Não me lembro de ter escrito essa frase, que
tem um leve bafio acaciano. Mas estava cansado e
com sono. Fiz um gesto vago, como se desdenhasse
o que havia escrito. E, como eu parecia sentir frio,
ela abriu a coberta azul e me agasalhou, como se
agasalha um menino.

Céus e terras

Todos somos vítimas de ideias erradas a nosso respeito. No meu caso, não sei por que, volta e meia apelam para mim em busca de conselhos sobre paixão. É um mal ou um bem? Devemos amar sem paixão? O limite entre o amor e o desvario é tênue ou profundo? Sinceramente, quem sou eu para responder a questão tão alienada, digna daquele concílio bizantino que discutia o sexo dos anjos?

O amor é necessário, a paixão é descartável. Mas é bom quando acontece. Todos os outros valores ficam irrelevantes — a fome que mata em Biafra, as torres do World Trade Center desabando, o nosso time sendo rebaixado à segunda divisão.

Tive um amigo que viveu uma paixão durante sete anos, como aquele Jacó do soneto do Camões, que se amarrou em Raquel, "serrana e bela". Não tomou conhecimento do assassinato de Kennedy, do golpe militar de 64, dos Beatles, da morte de Guevara, do AI-5, do tricampeonato em 1970.

Possuído pela paixão, a Raquel dele chamava--se Marlene e morava no Méier. Ele vivia, respirava, sofria e gozava num só sentido, num único rumo: ela. O vestido que estaria usando, com quem sairia naquele sábado, a música que estaria ouvindo.

Ele flutuava no espaço, como um ectoplasma bêbado, somente pensando nela, mesmo quando estava com ela. Até que um dia a paixão acabou, despejando-o novamente na terra e no cotidiano de todos nós.

Encontrei-o então, furioso, queixando-se do ralo entupido de sua cozinha. Pagara adiantado a um bombeiro para fazer o serviço, o sujeito levara o dinheiro, esburacara o chão à procura do entupimento e desaparecera havia três dias. Como pode? Queria ir à polícia, escrever aos jornais, mover céus e terras, os mesmos céus e as mesmas terras que, por sete anos, não existiam para ele, muito menos um entupido ralo de cozinha.

A paixão tem isso de bom. Céus e terras deixam de existir, ficamos entupidos como um ralo que não escoa o nosso desatino.

Brasil brasileiro

Ou o Brasil acaba com a saúva ou a saúva acaba com o Brasil. Os dois não acabaram, ainda, mas a frase continua valendo, desde que me sigam os que forem brasileiros, dos filhos deste solo mãe gentil e pátria amada.

Certo: nossos bosques têm mais flores, nossas flores mais amores e, se erguemos da justiça o braço forte, veremos que um filho seu não foge à luta nem teme quem te adora a própria morte. É bem verdade que, nas horas vagas, que são muitas, somos o brasileiro cordial, que levanta o lindo pendão da esperança, símbolo augusto da paz. (Tive um tio que se chamava Augusto e sempre que ouvia o hino da bandeira pensava que o augusto citado fosse ele.)

Independência ou morte — o grito às margens plácidas do Ipiranga está sendo prorrogado pela primeira medida provisória da nova nação, onde em se plantando tudo dá, até o coqueiro que dá coco. Não veremos país nenhum como este, e por isso me ufano e amo-o sem deixá-lo, desde que o último apague a luz do aeroporto.

"A Pátria!" — disse o tribuno com a voz embargada. E mais não disse nem precisava dizer, todos entenderam que pátria era, a dele, tribuno, e a nossa, onde o sol da liberdade em raios fúlgidos brilhou no céu da própria neste instante.

Um raio de esperança aterra e desce dentro de mais um minuto estaremos no Galeão, Cristo Redentor, braços abertos sobre a Guanabara, terra mais garrida do que a Alda Garrido, quem foi que inventou o Brasil? Não fui eu nem ninguém, foi a mulata assanhada, que é luxo só, abençoada por Deus e bonita por natureza, cujo seio formoso retrata este céu de puríssimo azul, a beleza sem par destas matas e o esplendor do Cruzeiro do Sul.

"Tenho dito!" — disse o orador que não dissera nada que prestasse. Ou o Brasil acaba com os oradores ou os oradores acabam com o Brasil.

Edição final

Num debate com estudantes, me perguntaram o que faltava para que o homem, a história, o mundo, enfim, tivessem um sentido. Sinceramente, eu nunca me fizera essa indagação e me considero a pessoa menos indicada para uma resposta que não seja demente, como as que costumo dar quando não entendo ou não estou por dentro de um assunto.

A circunstância de estar sentado atrás de uma mesa, com um microfone e um copo d'água à frente, me impedia de dar um vexame, respondendo com honestidade: não sei. Afinal, aquelas pessoas ali estavam para saber o que eu julgo saber. E não para saber que eu nada sei.

Disse que falta à história e ao mundo uma edição final, a mesma edição que é feita no cinema, nos espetáculos, nos documentários e nos textos publicados na mídia. O mundo, a história e o homem não passam de um *making of*, uma sucessão atabalhoada de cenas, frases, personagens, emoções, pontos de vista (ou de câmara) que necessitam de uma montagem posterior, na mesa de edição ou nas antigas moviolas dos laboratórios de cinema.

São infinitas tomadas, lavras subterrâneas vomitadas por vulcões, animais estranhos nas profundezas dos mares, guerras e massacres idiotas, cidades erguidas e destruídas, e de repente um sujeito cabeludo compondo a Nona Sinfonia e a estátua gigantesca de uma mulher quase nua num museu.

Um homem matando outro, uma criança morrendo de fome, um barco solitário no oceano, um cogumelo de fogo subindo do chão, uma enfermeira tirando a pressão de um doente e dizendo: "16 por 10. Está alta!".

Que sentido pode ter tudo isso? Evidente que não há um roteiro prévio, as locações são aleatórias, os diálogos, improvisados, o *making of* está sendo feito há bilhões de anos, com bilhões de intérpretes, bilhões de cenários.

Quando virá um editor final para dar sentido a tudo?

O bom e o mau

Se me perguntarem (ninguém me pergunta nada há muito tempo) o que mais me irrita atualmente e o que mais me gratifica, eu responderei que é o computador. Na verdade, fica difícil imaginar a vida profissional sem ele, seus recursos de memória e arquivo, a capacidade de fazer correções, eliminar ou acrescentar palavras e parágrafos.

É também irritante, sobretudo com os programas cada vez mais avançados que bolam para os usuários. Não sei qual foi o gênio que programou os dias da semana (segunda, terça, quarta etc.) com maiúsculas. Não os uso assim, e toda vez que começo a escrever "na segunda fila" ou "ter ou não ter, eis a questão" sou obrigado a eliminar a maiúscula, pois o computador, para melhor e mais rapidamente me servir, acha que eu vou escrever o que não quero nem preciso escrever.

Acho que já contei esta história. Se contei, conto-a outra vez, pois ela expressa exatamente o que o computador pode nos dar de bom e ruim. Um escritor norte-americano escreveu um romance em que o personagem principal teria o nome de Julieta. Um amigo, que leu os originais, achou que o nome italianado não combinava com a mocinha do oeste dos Estados Unidos, que devia se chamar Bárbara, Carol ou Kate.

O autor concordou e usando o recurso do "replace", ordenou que toda vez que aparecesse a palavra "Julieta", fosse ela substituída pela palavra "Bárbara". Mandou o original assim emendado para a editora e quando recebeu o primeiro exemplar de sua obra, verificou que os seus personagens haviam ido ao teatro assistir a uma peça de Shakespeare intitulada "Romeu e Bárbara".

Ao computador pode-se aplicar aquele pensamento do cão de Quincas Borba, que, para facilitar as coisas, tinha o mesmo nome do dono: "Nada é completamente bom, nada é completamente mau".

O viés das palavras

É comum as gentes eruditas desprezarem a moda em suas diferentes modalidades e gêneros. Julgam-se comprometidas com os valores eternos que repudiam o efêmero. Elas reclamam de tudo o que pode ser transitório, mas são as primeiras a embarcar na canoa furada das novidades em matéria de linguagem. Já foi tempo em que era erudito falar em "a nível de", como foi radiante quem descobriu que as coisas devem se inserir num contexto. Os jornalistas mais escolados descobriram o verbo "disparar" para se referir a alguma coisa que é respondida na bucha — e aí está uma palavra, "bucha", contemporânea das Guerras Púnicas e da descoberta da roda.

Entrou em circulação, entre as cultas gentes, a palavra viés. Fui ao "Aurélio" e ao "Houaiss" para saber do que se tratava. Para Aurélio, viés é uma direção oblíqua ou uma tira de pano cortada no sentido diagonal da peça. Olhar de viés equivale a olhar de esguelha.

Para Houaiss, que sempre foi moderadamente complicado, viés é "o meio furtivo, esconso, de obter ou fazer concluir algo". Tive preguiça de consultar o que era "esconso", mas acho que entendi mais ou menos.

O espantoso é que, há cinco, seis anos, ninguém se atrevia a mencionar essa palavra, a não ser em matéria de costura, ou seja, da tira de pano cortada em sentido diagonal da peça. De repente, tudo passa a ser viés, o econômico, o social, o político, o artístico, o esportivo e o culinário.

Quem diz ou escreve "viés" sente-se um iluminado, um Moisés com as tábuas da lei. Outra noite, numa palestra com estudantes, um deles me perguntou se era legítimo o viés da literatura atual.

Sinceramente, não entendi bem a pergunta, porque ainda não havia ido ao dicionário do Houaiss. Se tivesse ido, responderia que a literatura olha de esguelha a sociedade. No fundo, é uma coisa esconsa.

Eu e a brisa

Gore Vidal[3] dividiu a humanidade entre os que amam Roma e os que a detestam. Fidel Castro[4], mais prático, dividiu a espécie humana entre aqueles que fumam charuto com anel ou sem anel. Esqueceu os que não fumam charuto. Na opinião dele, quem não fumava charuto não merecia pertencer à humana espécie. Adotando o radicalismo de Gore Vidal e de Fidel Castro, prefiro dividir homens e mulheres entre aqueles que têm medo do vento e aqueles que não o temem. Durante anos, não conseguia explicar este medo ao vento, não ao vendaval que destrói casas e pessoas, mas ao simples vento que muitas vezes não passa de uma brisa suave, inofensiva e casta.

---

3. Escritor norte-americano contemporâneo, autor de romances históricos como *Criação* e *A era dourada*.
4. Ditador cubano, no poder desde 1959.

Numa epígrafe complicada, Guimarães Rosa descobriu que o diabo está no meio do redemoinho, o "demo" bem visível no meio da palavra e nos redemoinhos que a tradição popular associa à presença do diabo.

Não temo o diabo, mas tenho medo do vento. Ele bate portas e janelas, faz balançar as cortinas, levanta a poeira do chão — é um ser invisível, que existe física e moralmente, alterando a ordem e a quietude das coisas.

Milagres e sortilégios vários costumam ser precedidos por uma brisa, e nunca se sabe se o vento traz boas ou más notícias, mas sempre traz alguma coisa. Daí a expressão: que bons ventos o trazem? Pior do que os bons ventos são os ventos contrários que nos levam a caminhos equivocados.

Setembro antigo, num dia de sol, tudo calmo no universo, Mila e eu passeávamos no Arpoador quando uma rajada de vento deslocou o toldo azul de uma barraquinha que vendia milho verde. O toldo passou sobre nossas cabeças, como um fantasma inesperado e ridículo.

Mila tinha pavor do vento, quis pular para o meu colo sem suspeitar que eu precisava do colo dela. O toldo caiu na areia da praia, o medo e o susto duraram pouco. Mas nada no mundo, e em nós, ficou como antes.

LOURENÇO DIAFÉRIA

Mais uma história daquelas
Por favor, não me chamem de antigo
Crônica para o dia do professor
Cheiro de sabatina
Conversa de grego
Era um ratinho branco

Mais uma história daquelas

O editor do jornal me chamou reservadamente a um canto e disse: — Fulano, me escreva aí uma história pra nossa edição de dezembro. Olha, por favor, faça um negócio pra levantar o moral dos leitores. Só tem um problema. Não me venha outra vez com aquelas besteiras de Papai Noel, criança pobre, lembranças da infância. Os leitores estão por aqui com essas lorotas. Charles Dickens já escreveu tudo a respeito. Faça um texto caprichado, mas sem pieguice. Seja bem realista. E respeite a inteligência do leitor.

Topei na hora. Por dois motivos. O primeiro é que eu andava meio duro. Fui ao banco levantar um empréstimo, o gerente estava cercado de clientes que lhe haviam ido levar pequenos brindes, garrafas de champanhe, caixas de bombons belgas, agendas eletrônicas, vidros de mostarda francesa. Vi quando um sujeito gordo, em cima da pinta, entregou ao gerente um peru assado. "Boas Festas, Zé Carlos", o cara do peru disse. E deu um beijo na testa do Zé Carlos.

Quando todos os clientes entregaram suas lembrancinhas o gerente Zé Carlos se apercebeu de minha presença. Observou minhas mãos, vazias, levemente trêmulas. "Carambas, nem uma Sidra", deve ter pensado. Mesmo assim foi atencioso: "Quer falar comigo?"

Eu queria. Não gosto de conversa mole. Entrei logo no assunto do empréstimo. "A que fim se destina?", o gerente Zé Carlos perguntou. Expliquei que minha intenção era comprar um par de patins *in line* para minha filha caçula e um *skate* profissional para meu filho mais velho. Fazia meses, desde o Natal passado, que eles vinham insistindo no pedido. Na realidade, meu filho mais velho queria, mesmo, era um carro usado, nem que fosse um fusca 78, mas, depois que lhe mostrei o extrato do banco, ele concordou em ganhar um *skate*. Ficou o ano todo me torrando a paciência. Sim, agora ele era um rapazinho, havia passado de ano sem ficar em recuperação em nenhuma matéria, puxa, é mil vezes melhor dar um *skate* ao filho do que vê-lo mergulhar no mar numa prancha de *surf*, com os cabelos cheios de parafina, pintados de amarelo e brincos nas orelhas.

O gerente Zé Carlos me encarou com um ar de piedade. Também ele devia ser pai, entender esses problemas. "Quanto o sr. pretenderia levantar?", perguntou. O uso do verbo no condicional, "pretenderia", não me soou bem. Murmurei-lhe a quantia, ele sobressaltou-se. "O *skate* e os patins não custam tanto assim", comentou. "Eu sei", tartamudeei. "Acontece que, além dos presentinhos para meus filhos, minha sogra vem passar as festas de Fim de Ano em minha casa. Minha sogra não é mole", eu disse. E estava falando a verdade. Quando minha sogra aparece em casa eu é que banco o turismo dela nos *shoppings* da cidade.

O gerente Zé Carlos foi legal. Me pediu um maço de documentos, mandou investigar meus antecedentes morais, pediu vacina contra varíola, me empurrou uma rifa da Casa dos Velhinhos sem Dentadura, por fim me concedeu o empréstimo, descontando antecipadamente os juros, as taxas, os emolumentos e mais o diabo a quatro. No fim, somei tudo, dava para adquirir o *skate made in* Hong Kong e os patins *made in* China.

Devo dizer que sempre fui contra *skates* e patins, acho-os verdadeiros atentados à segurança individual da juventude, mil vezes mais perigosos que *rock*, mas é impossível descrever a emoção, a alegria, o sentimento de gratidão que minha filha e meu filho demonstraram quando cheguei em casa com os dois pacotes embrulhados em bonito papel de presente, *made in* Japan. A fita dos pacotes era nacional.

É claro que sou um pai responsável, ciente de meus deveres, não perco nenhuma reunião da Associação de Pais e Mestres na escola de meus filhos, neste ano ajudei a caiar os muros do pátio de recreio emporcalhados por pichações horríveis, lembro de uma, "Fora, Parreira". Mas havia outras bem piores. De modo que antes de entregar os patins a minha filhinha achei de minha obrigação testar o equipamento. Amarrei as botas, fixei os parafusos, ajustei as fivelas, pedi que meus filhos me escorassem para me equilibrar sobre as roldanas. Ah, a rua onde moro é descida. Chama-se ladeira dos Políticos. Tem esse nome porque está cheia de buracos sem fundo. "Podem me largar", eu disse. "Daqui pra frente o papai vai sozinho." Fui mesmo. O problema é que a rua não tem *guard rail* nem acostamento. Nos primeiros dez metros capotei, fiquei com tudo de pernas para o ar. "Breca! Breca", minha filhinha gritava. Não consegui achar breque nenhum. Quando me estatelei de comprido na calçada vizinhos acorreram, pressurosos. "Machucou muito?", perguntou uma mulher de lenço na cabeça. Pelo jeito devia estar indo ao cabeleireiro, xereta, estava na cara que iria fofocar no salão de beleza.

No dia seguinte a dor no pé esquerdo piorou. Fui me submeter a uma radiografia. Havia outros pais com o mesmo histórico. E em estado mais lastimável que o meu. Um deles, coitado, dera um *kart* de presente ao filho, e também quisera testar a máquina. Ostentava dois galos na cabeça e não podia mexer o braço direito.

Havia um paciente, bem velhinho, que chegou apoiado em bengala. Estava curvo. Parecia haver levado uma tunda. Mesmo assim, sua fisionomia era feliz. Alegre. Como a de alguém que havia cumprido seu dever. Acomodou-se num sofá. Sorriu para todos nós. Seu olhar derramou-se sobre as dores dos pais desastrados, tivemos a impressão de que um bálsamo invisível nos aliviava os sofrimentos.

Como era velho, muito velho, mais velho do que todos os pacientes, teve precedência no atendimento. Caminhou lentamente, com dificuldade, colocando uma das mãos na região lombar. Quinze minutos depois, todo lampeiro, deixou o consultório. Ouvi uma voz comentar: "Está tudo bem. Mas evite esforço exagerado. Onde se viu, na sua idade, carregar saco pesado com brinquedos? Boas Festas, amigo".

Fiquei intrigado. Em outros tempos, por certo teria usado esse velhinho como assunto para uma história de dezembro. Mas o editor do jornal e os leitores não iriam gostar.

Por favor,
não me chamem de antigo
Para João Bonetto / Lourival Pacheco

Por favor, não me chamem de antigo, mas sou do tempo em que os barbeiros faziam a barba dos fregueses com navalha. Mesmo os profissionais remediados, modestos, com salão despojado, faziam questão de ter sua navalha.

Havia os barbeiros mais finos, mais bem instalados, que mantinham salão com duas ou três cadeiras giratórias, forno de aquecer toalhas, cabide para chapéus e paletós e até engraxate de plantão.

Mas o orgulho do barbeiro era a navalha.

Manter o fio da navalha era uma questão de brio profissional. Além da navalha, o barbeiro de antigamente era um homem sábio. Conhecia tudo:

economia, finanças, puericultura, urbanismo, administração pública, esportes, geografia, história, fofocas e tudo quanto a gente pudesse imaginar.

Quando as coisas não iam bem, quando as coisas deixavam de funcionar na política, no governo, no senado, na câmara, na prefeitura, a solução era ir cortar a barba no barbeiro.

No salão de barbeiro todo mundo dava palpite, todo mundo tinha uma ideia para salvar o país, todo mundo xingava um, xingava outro, todo mundo elogiava este ou aquele, e todo mundo falava bem ou mal dos outros.

Enquanto isso, o barbeiro ia afiando a navalha numa tira de couro preta e lisa.

Passava a navalha no couro infinitas vezes, até que a navalha ficasse no ponto. Por fim, com a navalha bem afiada, ele dizia: — Senta aí na cadeira, amigo.

Custou mas chegou tua vez. O freguês sentava e era envolvido por um avental imenso, branco, limpo. Aí o barbeiro dizia:

—Agora para de falar para eu não te cortar o rosto!

No salão, no alto da parede, o retrato antigo de Getúlio Vargas sorria.

Crônica para o dia do professor
Para João Bonetto / Lourival Pacheco

A primeira mulher que vi grávida na minha vida não foi nenhuma tia, nenhuma prima, nenhuma vizinha da rua onde a gente morava.

A primeira mulher que vi grávida na minha vida foi a professora que dava aula de tudo na escola primária Rainha Margarida.

É claro que na rua, no bairro, havia uma porção de mulheres gordas, barrigudas, e possivelmente grávidas.

Mas eu não ligava a barriga delas à gravidez, à chegada da maternidade.

Eu achava que o tamanho da barriga de uma mulher não tinha nada a ver com o nascimento de uma criança, da mesma forma que a lua cheia não significava que daí a nove meses iria aparecer no céu mais uma estrela.

Mas a barriga da professora da escola Rainha Margarida cresceu tanto que, a partir de certa época, de certos dias, de certo mês, ela tinha dificuldades em subir a escada de madeira para dar aula no segundo andar do sobradinho, onde ficavam as salas de aula dos alunos maiores.

Estou fazendo um esforço danado para me lembrar o nome dessa antiga professora, mas esqueci. Esqueci completamente.

Mas não esqueço seu rosto ainda jovem, diria um rosto bonito, corado, como se ela tivesse acabado de chupar laranjas.

Isso mesmo. O rosto dessa professora tinha um jeito de pomar de laranjas.

Naquela época, as professoras eram obrigadas a saber tudo, porque as crianças precisavam aprender o que era um istmo, um golfo, o que eram os movimentos de rotação e translação da Terra, como era a pororoca, quantos rios tinha o Brasil, quais eram as capitais da China e do Japão, onde ficava a Nicarágua no mapa-múndi, e quanto gelo havia no Polo Norte.

A professora sabia tudo e ensinava tudo. Mas, não sei por qual motivo, ela nunca falou sequer uma palavra sobre a barriga dela, que toda semana crescia mais um pouco.

Até que um dia, a diretora da escola, dona Teresa, entrou na classe e disse: — A Dona Fulana (e

46

disse o nome da professora que agora não lembro) vai descansar um tempo.

No lugar dela virá Dona Sicrana (e disse o nome da professora substituta, que também não lembro) dar as aulas para vocês.

Várias semanas depois, a Dona Fulana reapareceu na escola, alegre, rindo, com uma criança pequena embrulhada num xale azul de lã. A professora emagrecera.

Depois, em conversa com os alunos maiores e mais sabidos, fiquei sabendo, assim meio escondido, que a professora ficara grávida e tivera nenê.

Isso me decepcionou muito porque eu imaginava que a Dona Fulana iria esperar eu crescer para se casar comigo, porque eu gostava dela um bocado.

E acho que estava apaixonado por ela, se bem que naquela época eu nem sabia o que era paixão. E até hoje também não sei muito bem. Mas ela não me esperou coisa alguma.

Se tivesse esperado, eu teria casado com ela, teria aprendido uma porção de coisas, e não precisaria ficar estudando tabuada, achar o máximo divisor comum, decorar os nomes de montanhas do Brasil que nunca escalei, e saber os mares que jamais navegarei.

Uma coisa digo: essa professora distante não me explicou todos os mistérios da vida, mas com seu olhar meigo, sua voz macia, me revelou os primeiros sobressaltos do coração.

Cheiro de sabatina

A escola de Dona Teresa funcionava num sobrado na vizinhança do gasômetro, numa rua que, como é fácil de entender, se chamava rua do Gasômetro. Nem toda rua tem nome que a justifique e explique por si mesma. Por exemplo, havia nas proximidades a rua Monsenhor Andrade, que, obviamente, devia ter sido um monsenhor importante, quase um bispo, para merecer uma placa. Mas quando o padre Dario morreu, nunca ninguém se lembrou de lhe dar uma placa de rua, e olhe que o padre Dario tinha sido coadjutor na igreja do Bom Jesus do Brás, sofria de bronquite asmática, mas, quando ele se pegava no púlpito de madeira trabalhada, e começava a fazer uma homilia — que na época todo mundo falava que era sermão — até o Diabo prestava atenção e se arrependia de suas diabruras. Mas, como eu ia dizendo, a rua Monsenhor Andrade não tinha nenhuma explicação onomástica, o mais certo seria denominá-la rua Charles William Miller, pois foi nessa rua que nasceu o paulistano ilustre com nome de inglês que trouxe para o Brasil as duas primeiras bolas de futebol de capotão que a história registra. Também não ficaria mal chamar a rua Monsenhor Andrade de rua do Futebol Brasileiro; ou rua do Capotão; ou rua da Paixão das Multidões. Mas só estou escrevendo isto por escrever. Na verdade quem sou eu para ficar mudando nome de rua na cidade?

Bom, mas voltando ao começo, a escola da Dona Teresa ficava na rua do Gasômetro, e era o prédio mais importante da rua, logo depois do gasômetro, que era onde se produzia o gás de rua na cidade. A fumaça desse gás saía um pouco pela boca de lobo na guia da rua e muitas mães levavam os filhos para cheirar essa fumaça de gás. Diziam que a fumaça do gás curava tosse comprida, que era como o povo miúdo chamava a coqueluche.

O cheiro de gás do gasômetro invadia a rua. Mas pior que o gás, o cheiro que impregnava tudo eram os cheiros das fábricas de cigarros Castelões, Sudan, e outras fábricas de charutinhos que funcionavam meio que clandestinamente no fundo de corredores de quintais sem fim, que havia muito na época. Depois do cheiro de fumo o que se sentia muito entrar pelas narinas era o odor acre, picante, das serrarias e depósitos de madeira. Os donos das madeireiras serravam as toras nas medidas que o freguês pedia, cortavam tábuas, aplainavam caibros, afinavam ripas. E no fim do dia chegavam caminhões que levavam embora a serragem produzida pelo pó da madeira. Essa serragem é que a gente ia buscar no fim do ano para fazer de conta que era grama nos presentes de Natal.

Esses cheiros se misturavam e davam uma catinga que se juntava ao cheiro das oficinas da Central do Brasil. E se não bastasse, ainda por cima havia um outro cheiro, que era o produzido pelas torrefações de café que funcionavam no bairro. É claro que não havia apenas cheiros ruins e desagradáveis. Podiam-se sentir também — mas precisava prestar muita atenção com o nariz — o cheiro dos depósitos de balas da rua Visconde de Parnaíba e o cheiro adocicado, melífluo, meigo, do chocolate Gardano.

Enfim, eram cheiros da infância. Juntando tudo, ficava no ar um cheiro gosmento, amargo, pontudo, laminado, grosso como um cabo de facão, que parecia tornar-se mais forte, mais poderoso, em dias de sabatina. As sabatinas deviam acontecer aos sábados, mas por questões que nunca entendi não havia sabatinas aos sábados. Nos sábados não havia aula. A escola da rua do Gasômetro ficava fechada, as professoras não apareciam, e mesmo Dona Teresa saía e ia passear pelo mundo.

Todo mundo dizia que Dona Teresa tirava o sábado para fazer piquenique com a família, principalmente uma sobrinha, uma vez que Dona Teresa não tinha marido, nem filhos, nem netos. Só tinha alunos, que eram como se fôssemos a família dela nos dias de segunda a sexta-feira.

O dia que tinha o pior cheiro na rua do Gasômetro era o dia de sabatina de matemática, de ciências naturais. Detestava esse cheiro. O cheiro de sabatina ficou grudado em mim, nas carteiras de madeira da classe, no quadro-negro, na caixa de giz branco, na régua, no compasso, no apontador. Levei anos para me livrar dele. Só conheci um cheiro pior do que cheiro de sabatina: foi o cheiro de hospital quando minha irmã foi internada para extrair o apêndice inflamado.

Recentemente voltei à rua do Gasômetro. Não senti mais o cheiro de sabatina. Claro, o gasômetro hoje é uma repartição pública, não fabrica mais gás. Ninguém mais fabrica cigarros e charutos na região. Moendas de café, que eu saiba, também caíram fora do pedaço. Dona Teresa morreu. E a escola da Dona Teresa é apenas uma referência no mapa da memória.

Conversa de grego

Tinha recebido pequena herança de uma tia. Queria aplicar o dinheiro numa atividade que lhe desse algum lucro, porém, mais que lucro, satisfação intelectual. Descartou a ideia de abrir uma banca de jornal. Jornaleiro tem que acordar de madrugada. Queria coisa mais suave. Foi pedir conselho a um amigo. Ainda há pessoas que acreditam em conselhos. O amigo era criativo.

— Abra um curso de Grego. Todo mundo está abrindo cursos de línguas. Inglês, Espanhol... Hoje, com o Mercosul, são comuns jogos de futebol contra a Argentina, o Uruguai, o Chile, o Espanhol está em alta. Não se admite mais o portunhol de antes. O negócio hoje é abrir um curso de Espanhol.

Inglês também, é claro. Atualmente até para comer um sanduíche é preciso saber inglês. McDonald's, Coca, Blue Life... Não se diz mais apartamento. É *loft*. Daqui a uns vinte anos, quando o Brasil tiver liquidado sua dívida externa, as relações pessoais com o resto do mundo serão feitas no idioma de Cervantes, de Carlos Gardel e, claro, na língua do Clinton... Entendeu?

— Não.

— É simples. É preciso alargar os horizontes. É a razão por que em qualquer esquina da cidade surgem placas de cursos de línguas. Você tem que ser esperto... Entendeu?

— Ainda não.

— Serei mais objetivo. A cidade está saturada de cursos de Inglês e de Espanhol... Percebe?

— Percebo.

— Muito bem. Agora me diga: quantos cursos de Grego você conhece na cidade?

— Bem...

— Taí. Nenhum... Nem um, cara. O que existe é escola de Inglês, de Espanhol, de Informática... Até de ikebana. Mas de Grego, rapaz, não existe. Então é isso. Você tem que aproveitar as brechas que o mercado oferece. Abra um curso de Grego.

— Mas...

— Não tem mas. Já pensou formar classes de alunos interessados em ler Xenofonte no original? O problema do Brasil é que todo mundo quer ir pelo caminho mais fácil. O sujeito abre uma pizzaria, no mês seguinte outros doze cidadãos resolvem abrir o mesmo tipo de negócio na mesma rua. Desse jeito é claro que não pode dar certo... Veja o caso da comida por quilo. Está arruinando com o negócio do prato-feito. O tradicional prato-feito elaborado com carinho, artesanalmente, cada bar com seu tempero peculiar... Hoje o prato-feito está indo pro brejo. Só tem comida por quilo. O mercado vai acabar saturado de comida por quilo. Escute o que lhe digo: daqui a cinquenta anos, ou um pouco mais, quando o Brasil tiver se safado da dívida externa, ninguém vai poder nem olhar comida por quilo... Entendeu?

— Hum...

— Vou explicar melhor, Anaxágoras. Teu pai não era comandante da marinha mercante grega?

— Foi.

— E tua genitora? Nasceu onde?

— Em Chipre.

— Era cipriota. Eu sabia. Perguntei por perguntar. Veja bem. Teu pai era comandante de navio grego, tua mãe era cipriota, você se chama Anaxágoras, passou a infância ouvindo os pais falando Grego. Cursou a Universidade... Que curso você fez na faculdade?

— Grego, ué. Você sabe disso...

— Aí é que está. Você tem tudo para abrir um curso de Grego.

— Você acha que há alguém disposto a aprender Grego? Qual a utilidade prática? Inglês, vá lá... Até jogador do Palmeiras precisa disso para disputar a taça Toyota...

— Taça Mitsubishi.

— Mitsubishi, Honda, tanto faz... Tem o Torneio Mercosul...

— Mercosur.

— Tanto faz. Mas, Grego? Nem sei se a Grécia tem time de futebol.

— Claro que tem. Mas não estamos falando de futebol. As pessoas precisam alargar seus horizontes culturais. Quantas pessoas sabem quem foi Alexandre, o Grande? A vida de Alexandre é uma novela. Novela — você entende o que quero dizer? No-ve-la. Já imaginou emplacar uma novela grega na TV? Quem dominou o mundo? Quem chegou a Roma e a Cartago? Quem atravessou as Colunas de Hércules? Os Gregos mudaram a face do mundo, rapaz. Ainda hoje, quando se quer falar que uma mulher é de fechar o comércio, o que se diz?

— Que é boazuda.

— Isso quem fala é a ralé. Gente educada diz: "É uma mulher de beleza helênica". As pessoas ainda têm muito o que aprender com Tucídides, com o general Brásidas, com o cerco de Esfactéria, com a guerra do Peloponeso... A Grécia dá samba, amigo. Infelizmente as pessoas estão sendo induzidas a se entreter com histórias de macarronada, de amores entre fazendeiros e mucamas... Vá por mim, Anaxágoras. Abra um curso de Grego. Você vai faturar uma nota. Daqui a cem anos, quando o Brasil...

— ... zerar a dívida externa...

— Exato. O Grego vai voltar a ter a importância cultural do passado. Mas alguém tem que iniciar o processo. Entendeu?

— Entendi...

— Então o próximo passo é bolar o nome da escola. Que tal Ágora? Ágora era a praça onde os gregos discutiam filosofia. Me parece um bom nome para um curso de Grego. Gostou da ideia?

— Não é ruim. Apenas precisa de uns ajustes técnicos...

Três meses depois Anaxágoras inaugurava o Ágora, um restaurante especializado em *delivery* de prato-feito grego.

Era um ratinho branco

Era um ratinho branco, bem branco, como se tivesse acabado de tomar um banho com xampu. Cabia a bem dizer na palma da mão, se não tivesse rabo.

Tipo camundongo. Os olhinhos redondos, brilhantes, a princípio pareciam assustados.

Rato não é feito para gaiolas. Todos os ratos são caçados, perseguidos, para isso são ratos. Mas aquele, todo branco, era um rato diferente.

Um rato salvo da morte para servir à ciência, como outros colegas da mesma raça, da mesma cor, do mesmo temperamento e do mesmo tamanho.

Havia ratos que eram cortados ao meio. Abertos como figos, deixando à mostra o palpitar da vida.

Outros recebiam líquidos nas veias, na pele, nas orelhas.

Ficavam em observação. Suportavam um tempo, sofriam, mas não chiavam. Recebiam ração, água, não precisavam procurar os esgotos e bocas de lobo.

Não precisavam fugir dos venenos e das vassouradas. Não eram pendurados de cabeça para baixo. Eram ratos especiais.

O ratinho branco chegou à faculdade para ser treinado. Para mostrar como um rato muda de comportamento como acontece com a gente.

As mocinhas ficaram com nojo, mas logo se acostumaram. Era um rato mansinho.

Tinha que subir por arames, saltar por entre argolas, ser de circo. Quanto mais dias passavam, mais o ratinho parecia um rato especial. Era sabido. Aprendia coisas. Rato é um bicho inteligente. É por isso que eles frequentam laboratórios e faculdades. Psicologia também se aprende observando ratos.

O rato foi treinado. Ficou um rato em cima da pinta. Escolado. E simpático. Não há nada mais simpático do que um ratinho branco simpático. Que sabe ser de circo. Aprende tudo, o danado. Dá vontade até de levar o ratinho pra casa, se não fosse o rabo.

A natureza fez os ratinhos brancos com olhos lindos, sagazes, mas o rabo... Que coisa horrível é o rabo de um ratinho branco.

Na prova do mês o rato foi aprovado. Com nota alta: 8 vírgula 5. A melhor nota entre todos os ratos. A estudante que cuidava do rato perguntou se podia dar a ele um bombom de chocolate. Pode, sim.

Levou o bombom na bolsa. Mas não encontrou mais o rato. O rato branco tinha sido colocado numa caixa e levado para o Butantã. Tinha sido libertado no viveiro das serpentes, que almoçam e jantam no local.

Veio uma serpente, olhou o rato branco. Novamente se abriram os olhos de susto. O ratinho nem tentou fugir. Foi engolido na manhã azul de primavera como um rato que não fora criado para ser um simples rato.

IGNÁCIO DE LOYOLA BRANDÃO

A última crônica do século e do milênio
Padaria de São Paulo é instituição social
A humilhada raça dos "não-clientes"
Sonho de lua de mel
O homem com a trágica notícia
Fellini sabia mais que nós todos

A última crônica do século e do milênio

Procurei nos dicionários quem inventou o bar, essa necessidade de todos os tempos. O invento do bar se perdeu no escuro de algum balcão. Ao longo da vida, elegemos nossos bares, assim como certas pessoas elegem suas igrejas e seus confessores. Outras, seus analistas. Ainda que, para uma criança, o primeiro bar seja a sorveteria, o meu primeiro foi o do Tito Tobias, na esquina da Rua 7 com a Avenida Djalma Dutra, em Araraquara. A avenida se chamava Guaianases, quando nasci. No bar do Tobias eu comprava balas, maria-mole, paçoquinha, pé de moleque, pirulito. E Cotuba, refrigerante produzido pelo Júlio Cardoso Treme, pai da Berizal, loira exuberante que sabia fazer valer seus atributos, precursora das modernas peruas. Nunca mais deparei com outra pessoa chamada Berizal. Nenhum dos meus nove dicionários de nomes o registra. Disseram-me que Berizal foi uma princesa da Mesopotâmia. Quanto ao bar do Tobias foi vendido, revendido e fechado há poucas semanas. Outra ligação com a infância que se vai.

O segundo bar essencial foi o do Hotel Municipal, ainda em Araraquara. Fechou, virou lanchonete, corretora, coisa assim. Bar clássico, com reservados de madeira, cujas portas, na década de 50, não mais se fechavam, forma encontrada para se evitar "privacidade demais". Ou sacanagem desbragada, como se dizia. Como eu era um duro, na época dos 17 para 18 anos, às vezes minha parte da conta era paga pelo Gadelha, pelo Hugo Fortes, ou pelo Pádua, agrimensor que conhecia literatura como poucos. Noite após noite, bebíamos, falávamos mal da cidade, do prefeito, dos vereadores, discutíamos os filmes, os livros, comentávamos as mulheres, as que davam e as que não davam.

Em São Paulo, o primeiro bar refúgio foi o Clubinho dos Artistas, na Rua Bento Freitas, em plena boca do luxo. Tinha bebida barata e um picadinho perfeito. Frequentado pelo pianista Polera, pelos pintores Rebolo e Clóvis Graciano, pelo crítico Sérgio Milliet, o político Oscar Pedroso Horta, e outros colunáveis. Invejávamos o Silioma, arquiteto baixo e gordo, sempre acompanhado por mulatas muito maiores do que ele.

Para a minha geração, nada excedeu o Juão Sebastião Bar. Primeiro bar moderno na arquitetura, comportamento. E na frequência: de jornalistas a músicos, de socialites (eram o *high-society*, tornaram-se o *jet set*) a prostitutas, de mauricinhos (eram os *playboys*) a patricinhas, escritores, críticos e gente que ninguém nunca soube quem era. Ali se ouvia bossa nova, *jazz*, bolero. Uma noite, na escada, uma jovem me empurrou, me apertou, sentou-se grudada. Não havia espaço. Era a Leila Diniz, um deslumbramento. Única vez que a vi na vida. Nara Leão e Maysa também iam. E o Vinícius de Morais. Detalhes para a história da vida noturna. Interessam?

Outro bar importante foi o Sujinho, na Praça Roosevelt, ao lado da Baiuca que não existe mais. Um dos redutos da bossa nova paulistana. Os músicos — Azeitona, Valter Vanderley, Claudete Soares — da Baiuca iam espairecer no Sujinho, cujo verdadeiro nome era Comunidade. Decorado com um daqueles brega-maravilhosos painéis azulejados, criados pelo Atelier Artístico e Moral. Por que o Atelier, com esse nome incrível, nunca figurou na história das artes? Por que nunca lemos sobre a arte dos painéis expostos nos bares e padarias de portugueses? Quantos já desapareceram? Como esquecer os da Salada Paulista (hoje McDonald's) contando trechos da história da cidade?

No Sujinho, todas as manhãs, às 7h30, chegava uma mulher morena, aparentando 40 anos, bem vestida, saltos altos, impecável, maquiada, perfumadíssima, usava o perfume Dana, de Tabu. Bonita, sensual, provocante, encostava-se ao balcão e pedia uma dose dupla de cachaça pura. Tomava de um trago. Sabíamos que era uma executiva. Altiva, não olhava pra ninguém. Tentei me aproximar, ela me fulminou com um: O que quer? Procurei segui-la, saber em que prédio morava, ela intuiu, ficou parada, só foi embora quando desisti. Não devia morar na praça. Nunca a vimos à noite. Ou com algum homem. Ou com mulheres. Com amigos. Era uma aparição? Não existia a não ser naquela hora, quando se materializava? Era um espírito condenado a tomar cachaça toda manhã? O Sujinho ainda existe, transformado. A Baiuca fechou. A Praça Roosevelt deteriorou. A bela da cachaça matutina desapareceu. Uma anônima do meu passado. Está viva? Lerá este texto? E Berizal?

Padaria de São Paulo é instituição social

Padaria em São Paulo não é lugar só de pão. É mais do que isso, infinitas vezes. É instituição social. Foi Jorginho, amigo gaúcho, professor de geografia na PUC, que me deixou espantado, certa vez, ao constatar a importância da padaria no contexto paulistano. Odeio a palavra contexto, mas vou deixá-la. Há uma padaria, vamos chamá-la normal, que cumpre, no cotidiano, as funções de vender pão, leite, manteiga, cigarros. O trivial. No final da tarde, é ponto de encontro, rápido, nos dias de semana. Uma *happy hour* disfarçada, uma cervejinha, coxinha, salame fatiado.

Aos domingos é que elas mudam. Transformam-se. Tornam-se clubes. Falta apenas o mordomo, o jornal, a revista semanal. Pode-se dizer quase tão privês como os de Londres. Primeiro porque, em geral, mulher não entra na roda da padaria. Ela se fecha em torno dos homens, é um clube do Bolinha, exclusivo. Cada um vem no seu jeito. Com o chinelão Rider, com a havaiana, o tênis, bermuda, *shorts*, camisetas, sem camisa — se o calor é muito. Há quem chegue bem-vestido, apenas para um copinho, depois se vai com a família para o almoço na casa dos pais, filhos, parentes. Tem quem fique por ali na volta da igreja. Alguns fizeram o *cooper*, em grupo. Chegam suados, combatem logo o calor com uma boa cerveja. Os frequentadores habituais têm seu lugar determinado junto ao balcão. Território deles, inviolável.

Domingo na padaria é sagrado. Horas e horas de pé, encostados ao balcão, ou sentados nas mesinhas de lata, típicas e incômodas (mas quem liga?), com *merchandising* de cerveja no encosto da cadeira. A cerveja corre e, quando batem 10 horas, começam os tira-gostos. Queijo em cubos, salame, mortadela, torradas com sardela, pasta de aliche, atum, patezinhos caseiros. Muitos levam de casa alguma coisa, uma especialidade feita pela mulher. É talvez a única participação feminina, a de fornecer o *belisco*.

O ritual toma toda a manhã e se estende até duas ou três da tarde. Também depende. Num barzinho da Rua Havaí, no Sumaré, começa de manhã e vai até a noite, principalmente se o Palmeiras joga. Na periferia, a batucada e o pagode entram em cena e violões e pandeiros são instrumentos necessários. Quantas vezes, no Bexiga, não vi o jogo de cartas, o dominó e a dama atravessarem o dia. E a cerveja correndo. O dono da padaria sabe a marca de cada um. A conversa rola, é jogada fora, escala-se a seleção, derruba-se o presidente, joga--se o palitinho, fala-se das boas do bairro. Homem fofoca mais do que mulher e a turma da padaria é uma confraria, sodalício. Irmãos de sangue, digo, de cerveja.

Bebem, cantam e comem. Pelas 3 da tarde, em muitas delas, vem o silêncio. Há padarias que fecham, só reabrindo à noite, mas são raras. As turmas de padaria duram anos, há pais e filhos, há avôs, filhos e netos. São tradicionais, porém não impenetráveis. Lembro-me de um amigo, cujo pai ia de manhã para a padaria. No final da tarde de domingo, a mulher dele mandava o cão, um pastor alemão feroz, buscá-lo. O cachorro abocanhava a perna do homem e ele entendia. Estava na hora de voltar. Se insistisse, o cachorro ia fechando os dentes. Nunca se soube até que ponto o animal estava disposto a chegar. E o velho nunca procurou saber. Além do cão, a mulher era fera. Ela consentia até aquele horário.

No final da tarde de domingo, muda-se o clima. A partir de sete horas voltam a ser feitas fornadas de pão, o cheiro do forno invade tudo. Chegam as mulheres ou empregadas para o habitual: presunto, queijo, pão quente, leite ou Coca, salame, copa. Outra instituição, o lanche de domingo. Os que não pedem a pizza em domicílio, fazem em casa. Quase não existe padaria que não tenha a sua massa pronta, basta colocar os ingredientes e assar.

Claro que se o homem vai buscar o pão do final da tarde, a demora é maior. Mais uma cerveja para rebater.

Padarias. Padarias paulistas. Pontos de encontro, de negócios. Quantos contratos não foram fechados na esquina da Doutor Arnaldo com a Alfonso Bovero, na celebérrima padaria da Tupi? Dizem que até hoje o Hélio Souto a frequenta, é homem fiel. Na esquina da Rua João Moura com a Artur Azevedo, às quartas-feiras à noite, encontram-se os que saem dos consultórios dos analistas. Há um prédio nas proximidades que é uma colmeia de terapeutas que descarregam levas de analisados em direção da padaria. Depois de falar de neuroses, nada como cerveja ou pizza. Dizem, ainda não provei, que a pizza ali é das boas. Cada bairro tem as suas padarias e são centenas, milhares. Porque milhares de pessoas passam o domingo dentro delas, como se estivessem na praia, no clube. Alguém, uma vez, definiu pizzaria como praia de paulista. Acho que padaria é muito mais.

A humilhada raça
dos "não-clientes"

Vou ao Banco do Brasil, agência Ana Rosa, pagar a mensalidade da escola de minha filha. Enfrento a longa fila dos *não-clientes*. Hoje em dia, os tais *não-clientes* constituem nova raça, humilhada em bancos. Entrego ao caixa o documento e o cheque. E o moço:

— Quem é Maria Rita?

— Minha filha.

— Como? O senhor é Brandão e o sobrenome dela é Lopes. Não posso aceitar o cheque.

— Por quê?

— É cheque de terceiro.

— Se não pode aceitar o meu cheque, então o

que devo fazer? Abrir conta em nome dela? Tem 10 anos.

— Para ser sua filha, deveria ter o seu sobrenome.

— Quando me casei com a mãe dela, Maria Rita tinha 2 anos. Portanto, traz o sobrenome do pai.

— Então, o senhor não é o pai!

— Bem, de sangue, não. De nome, também não. Mas ela vive em minha casa, eu a sustento, pago escola, levo-a a lanchonetes, restaurantes, parques, viajamos juntos, dou carinho e ajudo nas lições. Menos nas de matemática. O que mais precisa, para ser pai?

— O senhor tem uma certidão dela?

— Que tipo? De nascimento? Ou uma procuração passada em cartório, para que eu possa pagar as suas contas?

— Não me venha com ironias. Cumpro o regulamento.

Decidi mudar a tática. A fila estava começando a ficar nervosa atrás de mim. Havia apenas três caixas.

— Amigo, vou te fazer uma confissão íntima. Estou casado com a mãe dela, mas não oficialmente. Não foi nem na igreja, nem no civil. Será que cometi um erro?

Ele não percebeu a ironia, me devolveu o cheque e o documento da mensalidade.

— Faz o seguinte. O senhor tem conta em outro banco, não tem? O mais fácil é ir à sua agência, pagar lá. Depois, eles repassam para a gente.

Eu estava na Ana Rosa e a agência do meu banco, o Banespa, é na Paulista. Teria que tomar o metrô, enfrentar outra fila. Já estava atrasado para o trabalho. Tinha perdido mais de meia hora. Tentei ainda.

— Meu senhor (Ia usar a expressão amigo, mas me recusei. Jamais ia querer ser amigo de um turrão assim.). Aqui está um cheque bom, especial; aqui está minha identidade, meu cartão do banco. Aqui estão meus cartões do Diners e do Credicard. Olha, o CIC também. Por que não posso pagar?

— Se o seu cheque voltar, a escola vai reclamar e a pessoa pode alegar que pagou, mas não tem culpa se o cheque voltou e...

— Desculpe! Não é um problema entre a escola e a família do aluno? Olha, só vim aqui te dar trabalho, porque o boleto é do Banco do Brasil. E a agência fica do lado da minha casa. Não quis te incomodar em absoluto.

— Olha, posso fazer o seguinte: recebo o cheque, mas não entrego o recibo. Depois, o senhor volta para buscá-lo, assim que o cheque for compensado.

Ele assim disse, assim o fiz. Voltei três vezes à agência, a fila dos *não-clientes* era grande, desisti. Meu recibo ainda está lá, não sei quanto tempo guardam. No entanto, agora, com experiência, saberei como proceder no futuro. Se precisar voltar ao BB, levo Márcia e Maria Rita. Todos de mãos dadas, para que vejam como somos uma família feliz. Posso levar meus sogros, se estiverem nos visitando, moram em Araraquara. Se ninguém estiver disponível, levo fotos, *slides*, *tapes*. Quem não gosta de uma sessão de *slides* de familiares? Levo amigos que comprovem minha idoneidade. Eles, por sua vez, levarão outros que comprovem as deles. Tiro atestado de antecedentes. Vou ao Banespa, apanho extratos de conta, limite do cartão. Peço a Mércia, Shirley, Vera, ao Zé Carlos, ao Márcio, ao Sílvio, Fernando, Nilson, Fátima, Lívia, gerentes, subgerentes, auxiliares, caixas, para que garantam: *eu sou eu!* Estarei munido do CIC, carteira do Tênis, contas telefônicas, holerites, cópia da declaração do Imposto de Renda, recibos de aluguel. Vou chegar num ônibus, com caixas e caixas. Além de um revólver. E se o segurança, ao ver a arma, me perguntar:

— E esse revólver?

Responderei:

— Ah! É de um terceiro! Não vale nada aqui!

Sonho de lua de mel

O casal, muito jovem, com roupas de grifes imitadas, passeava de um lado para outro na galeria. Muito cedo, as lojas estavam abrindo. Os dois foram até o fundo, voltaram, ficaram um instante diante da agência, contemplaram as funcionárias que, nos seus uniformes azuis e rosa, se preparavam para o início do dia. Andaram outra vez, comeram *donuts* lentamente.

— Vamos?

— E se for caro?

— A gente desiste, levanta-se e vai embora.

— Tenho vergonha, disse a moça.

— Do quê?

— Ah! Sei lá. Eles vão ficar olhando para a gente. O que vão pensar? Não acha que as mocinhas depois começam a rir, pensando no que vamos fazer?

— Vamos fazer o que todo mundo faz.

— Todos sabem o que se faz na lua de mel.

— E daí? O que vamos fazer vai ser num quarto fechado, ninguém vai estar olhando.

Acabaram de comer, limparam o açúcar que tinha ficado em volta da boca, mas ela não percebeu que um pouquinho do recheio de cereja tinha se grudado nos lábios. O rapaz, romanticamente, se aproximou e, com um beijinho rápido, lambeu o doce. Ela se assustou.

— Não era nada, tinha um pouco de geleia no teu lábio.

— Precisava fazer isso? Não bastava me avisar?

Ela estava nervosa, inquieta, olhava constantemente na direção da agência. Voltaram e ficaram diante da porta. Uma funcionária observou o casalzinho, sorridente. Era a agência Honeytur, que organiza tudo para casais em lua de mel. Nunca tinha reparado, apesar de passar muito pela galeria. Achei a ideia simpática, nova. Em geral, preocupado com o casamento, os papéis, enfiado em outra situação psicológica, o noivo pode acabar se esquecendo de detalhes. Imaginou se não reserva hotel? Chega na portaria e está tudo lotado? Não se pode fazer lua de mel no sofá do *lobby*, na frente da recepção.

— Não sei, não. Você tem cada ideia, Renato!

— Na hora em que te contei, você bem que gostou, Judite.

— Agora, não sei. Olha como é chique. Cheio de mesas, deve vir muita gente. E se na hora aparece outro casal? Vai ficar nos olhando, do mesmo modo que a gente olha pra eles.

— Não estamos doentes, meu amor! Quer uma coisa mais linda que a lua de mel?

— Mas precisamos entrar na agência, dizer aos outros? Vamos fazer por nossa conta. Outro dia, li num jornal uma coisa tão bonita sobre esqui nas montanhas.

— Sabe o que é esquiar nas montanhas? Coisa de rico! Aquele dia que fomos patinar no gelo, no *shopping*, você caiu feito louca, imagine nas montanhas.

Percebia-se que Judite, magra, os olhos negros e ansiosos, tentava desviar o assunto. Sentia-se exposta em sua intimidade. Ele, na sua vontade de agradá-la, não entendia a saia justa psicológica. Fiquei imaginando quem seriam, de que bairro eram, o que faziam na vida.

— Vamos fazer uma coisa. Vai você, que é homem. Acerta tudo. Me deixe fora dessa. Já pensou, a moça da agência me olhando, me vendo na cama na camisola de noite?

— É mais fácil ela pensar em mim, que sou homem. Pare de bobagem. Vamos.

Percebi também, pelo brilho nos olhos de Judite, que, no fundo, aquela ideia era agradável. Quase como se ela gostasse que uma pessoa pensasse naquilo que ela ia fazer durante a lua de mel.

Todavia, não entrou. Deixou Renato e foi para trás de uma coluna, ficou escondida. Renato passou 15 minutos conversando dentro da agência. Saiu.

— E então? Para onde vamos?

— Lugar nenhum. Muito caro. Mas ela me mostrou e me deu folhetos cheios de fotografias. Casamos, vamos para Jundiaí, meu primo Gentil me emprestou a casa, ficamos lá, olhamos as fotos, não gastamos nada.

Antes de apanharem o ônibus para o Jardim Esmeralda, ela contemplou a agência e se foi com sua timidez, seus sonhos, talvez sua fantasia.

O homem com a trágica notícia

A noiva entrou na igreja. Os convidados se ergueram, todos queriam vê-la, a maioria nem acreditava que ela se estivesse casando. Todos a consideravam solteira irremediável. Não porque não tivesse encontrado partido. Ao contrário, tivera muitos, recusara a todos. Por que recusava? Perguntavam. Por quê?

O órgão tocava a *Marcha Nupcial* e ela caminhava de braços dados com o pai. Ou seria o padrasto? Não se sabia, apenas se comentava, eles tinham chegado havia alguns anos e se instalado na casa cinza, enorme. Nunca contaram nada da vida a ninguém. Seriam casados? Ele tão mais velho do que ela, a considerada mãe. Uma carioca de olhar forte e atrevido, irônico, unhas pintadas em cores brilhantes e o sotaque arrastado, puxando no S sibilante.

O homem que levava a trágica notícia deixou sua casa, exatamente quando a noiva entrou na igreja e começou sua viagem em direção ao altar. O homem que levava a trágica notícia sabia que não precisava esperar, chegaria no momento exato. Fizera o trajeto muitas vezes, cronometrara o percurso, como os bandidos de filmes que planejam um grande golpe.

Ela, com a cauda do vestido rastejando, caminhava compassada conduzida pelo pai. Seria o pai? E a mãe, de que cor pintara as unhas nesse dia? Não se podia ver as mãos da mulher que sorria enigmaticamente. Todos consideravam o sorriso dessa mulher um mistério. Sua vida era uma incógnita. Sabia-se apenas que gostava de dormir até tarde. Muito tarde. E que odiava barulho na casa, enquanto não despertasse.

O homem que levava a trágica notícia disparava pela ruas, um pouco inseguro. Teria calculado o trajeto com precisão?

Algumas mulheres choravam discretamente. Não muito, o necessário em casamentos. A mãe era uma delas. Por que a mãe estaria chorando? O homem que levava a trágica notícia estava parado num congestionamento. Olhava o relógio.

O noivo desceu alguns degraus para receber sua futura mulher, companheira para a vida e a morte, na dor e alegria. Tremia um pouco. Olhou para as mãos da sogra. De que cor ela teria pintado as unhas? E seria verdade aquilo que diziam? Ela teria posado nua para uma revista?

A *Marcha Nupcial* ecoava pela igreja iluminada, decorada com flores, velas e tapetes. A noiva não desejara música moderna. Pedira Mahler, não foi possível. Por quê?

O homem que levava a trágica notícia acelerava o carro, ansioso, desconfiado de si mesmo. Supunha que soubesse o mistério da vida da mulher que pintava as unhas, gostava de dormir, queria ter um filho e exibia um sorriso amplo, escancarado, prometedor. Prometedor do quê?

Um guarda mandou que ele encostasse. Ele se desesperou. O guarda se aproximou, ele explicou: Preciso levar uma trágica notícia a um casamento. Qual? perguntou o guarda, mais curioso do que desconfiado, achando que o homem estava mentindo. Ele contou, o guarda sacudiu a cabeça. Fora de si gritou: "Vamos, temos de ir. Te acompanho, abro caminho." Tocaram pela avenida, sem respeitar sinais, quase atropelando pessoas descuidadas.

O noivo e a noiva subiram para o altar, contemplaram o padre. O padre olhou para a mãe. A mulher fez sim com a cabeça. Por que teria feito sim? Dependia dela o quê? Qual o consentimento que o padre buscava? O pai não percebeu, diziam que ele nunca percebia nada, sua mulher era impenetrável, ambígua.

O carro parou na porta da igreja. O homem que levava a trágica notícia entrou correndo pela nave. A mãe, vendo o homem que trazia a trágica notícia chegar apressado, compreendeu. Será que ela o conhecia? Percebeu também que talvez pudesse comprar agora aquela casinha com que sonhava tanto, cercada por jardins.

O homem chegou ao noivo, cochichou. O noivo empalideceu, desmaiou. Correram os homens e um médico. O homem da trágica notícia cochichou ao ouvido do padre. Que empalideceu e se retirou para a sacristia. Tirou os paramentos, mandou que apagassem as luzes e velas, retirassem as flores e jogassem no meio da praça, mandou que todos se retirassem e o órgão emudecesse. O homem que trouxera trágica notícia abraçou a mãe (e por que abraçava? Quem era ela?) e olhou-a nos olhos. E ela soube.

Fellini sabia mais que nós todos

Maio de 1963. Num apartamento enorme, com uma varanda a circundá-lo inteiramente, mora um grupo de jovens. Cada um buscava um sonho. Havia Wladmir Lundgren, da família que fundou as Casas Pernambucanas. Tinha recebido toda sua herança, antecipadamente, e se metera numa aventura europeia. Enfim, duro, tentava a vida como roteirista de cinema; escrevia inclusive em iugoslavo. Outro era o Celso Faria, um galã cujo lema era "do Gigetto para a Via Veneto". Amicíssimo do Tarcísio Meira e do Fúlvio Stefanini, Celso quis ser internacional. E como a Cinecittà dava as cartas naquela época, aportou em Roma. As moças eram três: Laura Brown, Gloria Paul e uma terceira cujo nome esqueci. Só sei que era recém-divorciada do ator americano Henry Silva, aquele que sempre fez papéis de gângster. Elas tinham sido figurantes em *Cleópatra* e apostavam: seriam *superstars*. O último era um jornalista magro, correspondente da *Última Hora* e que imaginava poder, um dia, também escrever para cinema: eu. Certo dia, soube que a Cineriz, uma produtora (do Angelo Rizzoli, o "capo" da imprensa), estava aceitando sinopses de argumentos. Levei um, traduzido pelo Wladmir. Estava numa sala, ao lado de uns 80 candidatos a roteiristas, quando li, numa porta: assessoria de imprensa. Bati, entrei e me apresentei como correspondente.

"Quero material para meu jornal." Mostrei a *UH*, na época graficamente muito bonita e ousada. O homem, simpático, passou a me encher as mãos de fotos de filmes, atrizes, atores, cenas de filmagens e *press-releases*. E, súbito, me disse: "Interessa entrevistar Fellini?" Tremi. Tinha acabado de ver *Oito e Meio*. Tive de ver quatro vezes para começar a entender. Disse que sim. E ele: "Vamos, tenho um encontro com *il maestro*." Em meia hora chegamos ao Rugantino, célebre café romano. Havia uma multidão e uma fila. "O maestro está escolhendo a figuração para *Julieta dos Espíritos*, seu primeiro filme colorido", me informou o assessor. Entramos no café. Fellini, atrás de uma mesa, entrevistava candidatos e fazia desenhos num grande bloco. Somente ele via o que traçava, deixava o bloco enviesado. Fiquei ali durante horas, fascinado. Nem precisava fazer a entrevista. Então, o diretor de *Doce Vida*, *Os Boas Vidas*, *A Estrada*, *Abismo de um Sonho* fez um intervalo. Um assistente correu com um café. Diretores eram deuses e Fellini um Titã do Olimpo. Fui apresentado. A voz não saía. Nem tinha o que perguntar. Não houvera tempo de me preparar. "São Paulo? Minha mulher esteve em São Paulo, em 1959." "Sei disso", consegui murmurar. "Fiz uma entrevista exclusiva com ela." Fomos interrompidos. Voltei mais duas vezes ao café, até o dia em que pudemos sentar por uma hora. Eu estava mais solto. E a certa altura, perguntei: "O senhor entrevistou umas quinhentas pessoas, nestes dias. Escolheu alguém?" Ele sorriu, entre irônico e malicioso: "Não preciso de mais ninguém, o elenco está completo. Mesmo assim, selecionei alguns, mais interessantes." "Então, para que tanta entrevista, tanto trabalho?" Ele me mostrou o bloco de desenhos. Havia olhos, bocas, mãos, pescoços, braços, torsos, narizes. Num outro bloco, anotações à mão: "Cada uma destas pessoas me forneceu um elemento precioso. Que vou acrescentar aos personagens. Vou modificar a cara dos atores, baseado nestes dados. Precisei desta gente para completar a ficção. Tenho muita imaginação, minha fantasia é maluca, mas sempre corro ao dia a dia. Ele me complementa, me supre. Vejo coisas que eu teria medo de inventar, e, no entanto, estão aí."

Acabou sendo uma longa entrevista. Todavia, o que me marcou, nunca mais esqueci, foi este detalhe. Porque anos mais tarde, quando passei a escrever obstinadamente meus romances e contos (e me esqueci que um dia quis ser roteirista), uma daquelas frases me vinha: "Vejo coisas que eu teria medo de inventar, e, no entanto, estão aí." Queria dizer: nada mais fértil e fantasioso que a própria vida. A humanidade é riquíssima, as situações transbordam. Tudo o que a gente precisa é ter os olhos abertos, a cabeça receptiva. Inspiração é observação, intuição imediata. Cada vez que vou fazer uma oficina literária, a primeira coisa que conto aos "alunos" é este episódio. Para que não tenham medo de usar tudo o que está ao redor. Fellini sabia mais que nós todos. O cinema e o mundo ficaram mais sombrios, desde domingo, sem ele.

IVAN ANGELO

Segredo de Natal
Receita de felicidade
Sucesso à brasileira
Novas armas
Três derrotas
Corações destroçados

Segredo de Natal

Desde o Natal passado, a pequena Vívian guarda um segredo maior do que poderia acomodar, tanto que o dividiu em dois: esconde parte no coração e parte no cerebrozinho esperto. Não pensou nele o ano inteiro, nem poderia; na verdade esqueceu-o, mas no início de dezembro, ao perceber nas cores, nas luzes, nas músicas, na televisão, na escolinha, nos *shoppings* e no rebuliço geral os sinais de um novo Natal, o segredo voltou a deixá-la intensa, porque possuidora de um conhecimento que as outras crianças não tinham.

Na escolinha, coleguinhas diziam bem alto:

— Papai Noel não existe!

Como se soubessem do que estavam falando! Ouvi-los era a confirmação íntima de que só ela sabia o segredo. Se vinham dizer-lhe pessoalmente que Papai Noel não existia, iluminava-se poderosa, única, não conseguia esconder um quase sorriso de superioridade, e rebatia com toda a firmeza:

— Claro que existe! Eu conheço ele.

Tanta segurança numa criança de nem quatro anos abala certezas. Os meninos, que confiam e desconfiam mais depressa do que as meninas, queriam saber detalhes, para decidir se tomavam nova posição nessa questão. Mesmo aquelas crianças cujas certezas vinham de pais que não estimulam mitos e encantos, mesmo essas ficaram acesas, atentas. Saber ou não saber é crucial na infância. Quem nada sabe, subordina-se; quem sabe, é general.

— Conhece ele? Como é que conhece, se ele não existe?

— Conheço e pronto — afirmou Vívian como se não pudesse dizer mais nada, como se tivesse chegado a um limite.

— Você viu ele? — perguntou umazinha, coadjuvante natural.

— Vi e vejo — confirmou Vívian, inabalável na sua segurança.

— Vê nada! Vê onde? Todos são de mentira — desafiou o mais atrevido, apresentando um dado concreto para desmentir a impostora.

— Sei muito bem que esses do *shopping* são de mentira. Não é desses que estou falando.

— De qual, então?

— Não posso contar — disse Vívian, e diante

dos muxoxos de dúvida acrescentou com inquebrável ética: — Ele pediu para eu não contar. Disse que é o nosso segredo.

Entre crianças, estava explicado. Segredo é segredo.

Vívian vivera intensamente aquele segredo nos dias que se seguiram ao Natal passado. Sorria para o Papai Noel, que continuava na sua casa disfarçado de pai, sem que ninguém adivinhasse, e ele sorria de volta, confirmando, pensava ela, confirmando o compromisso. "É o nosso segredo", ele havia dito. Que poderia fazer senão calar-se maravilhada, se havia descoberto contra a vontade dele o seu mistério? Naquele mágico Natal, passado, entre músicas e primos, quando recebeu das mãos do Papai Noel exatamente o presente que havia pedido e o abraçou, sentiu nele aquele cheiro bom de todas as noites, olhou primeiro intrigada, depois devassadora e inescapável, olhou o homem por trás dos óculos, da barba, dos bigodes, abriu os olhos de espanto e falou ainda presa ao abraço:

— Papai Noel, você é o meu...

— Psiu! Ninguém sabe! É segredo. É o nosso segredo!

Guardou com fervor o segredo. "Niguém sabe" foram palavras mágicas. Então aquele era o Papai Noel de verdade! Ninguém sabe. Se alguém mais soubesse, se fosse uma coisa que todos soubessem, ele seria como os outros! E era na sua casa que ele vivia! Ninguém sabia, nem a mãe, nem o irmão,

90

nem os primos, nem os amiguinhos da escola — só ela! O segredo inundou-a de uma responsabilidade enorme e de medo de se trair. Tinha de prestar muita atenção para não errar. Esteve tensa e cansada durante muitos dias, mas aos poucos esqueceu.

E então veio dezembro novamente, e trouxe de volta prenúncios de Natal e a responsabilidade insuportável. Não, não, não! Não queria viver aquilo de novo, decidiu. Pensou naquele Natal, secreta e maliciosa: ia contar para todo mundo.

Receita de felicidade

Primeiro, é necessário ter certa idade. É muito difícil ser feliz antes dos 30. Não que seja impossível, mas a juventude tem urgências, compromissos com a aprendizagem, com a paixão, tem limites, rebeldia, ideais, sonhos, competição, e embora tudo isso seja muito bom, não são os elementos da felicidade, porque são geradores de angústia. Felicidade vem depois da angústia, está mais ligada àquela sensação de alívio que a sucede: é uma duradoura, uma continuada sensação de alívio, de graças a Deus já passei por isso.

Basicamente, é preciso ter um amor, uma pessoa boa de abraçar, de conversar, de viajar, de proteger, de dividir e com quem construir. Amores falham, é verdade, e nem sempre duram, mas a eternidade do amor é renovável.

É essencial evitar trabalho estressante, como os ligados a risco financeiro ou aqueles para os quais não somos capazes. Recomenda-se cultivar alguma aptidão, pois a incompetência gera angústia, incerteza, noites sem dormir, o que não leva à felicidade. O problema é que a competência não surge de repente, é preciso incluí-la num projeto pessoal desde o período de formação. Mais complicado ainda: não somos nós quem decide que já somos competentes, é um conceito que os outros desenvolvem sobre nós e que devemos procurar manter uma vez estabelecido, pois é artigo fugidio.

Vícios não ajudam, insinuam culpas, sugerem fraquezas. Jogo, álcool, fumo, droga... Quem fuma, por exemplo, não consegue ser inteiramente feliz, pois a compulsão resulta de uma deficiência, uma falta súbita e dominadora. Dependência e felicidade não combinam.

Manter um sonho ajuda muito. Quem já fez tudo ou tem tudo tende ao tédio. Embalados por nossa confiança, imaginamos que realizar tal sonho só depende de vontade, é só começar, é sonho que não angustia, apenas põe um sorriso no travesseiro. Não tem nada que ver com frustração, é até o contrário. Podemos sonhar com uma coisa singela, como escrever um livro de memórias, aprender a tocar violão ou sair de moto por aí. Mesmo que a gente o adie, o sonho nos mantém jovens.

Pode-se ter alguma coisa para lamentar não ter feito, uma sensação do tipo agora já passei da idade. Coisa que não nos atormente. Algo como: gostaria de ter feito um curso de dança de salão, ou aprendido a nadar nos quatro estilos. Cultivar essa cômoda incompetência é uma forma de dizer que estamos satisfeitos, de bem com a vida, dizer que o que nos faz falta não nos faz falta.

Filhos, é melhor que sejam bem-educados. Dão mais gosto.

É importante morar onde a noção pessoal de intimidade e conforto seja satisfeita. Pequenos detalhes contribuem: um pufe para pôr os pés, uma parede com uma coisa boa para se contemplar, seja quadro ou paisagem, um espaço que não falte nem sobre. É o lugar para onde queremos ir, quando bate o desejo de recolhimento.

Dinheiro não traz felicidade? Pode ser, mas não atrapalha. Ruim é desgraçar-se para tê-lo.

O homem é um animal gregário, e o convívio pessoal pode ter repercussões positivas ou negativas na felicidade. Deve-se fugir do baixo astral. O desperdício de energia em pugilato é altamente negativo. Rixas, embates, finca-pés, altas pressões, estopins curtos — xô! Paz e amor.

No delicado capítulo do sexo, recomenda-se capricho. Na atitude, passar um ar muito sutil de intensidade, oportunidade, ousadia, experiência, desprendimento, persistência, atenção, sentimento, envolvimento, sedução. É necessário seduzir até a própria mulher ou o marido, mesmo após dez anos de uso. Quanto à técnica, são proveitosos gestos afinados, toques sábios, atenção nos acontecimentos, jeito, ritmo, conhecimentos objetivos de anatomia, ainda que restritos aos órgãos envolvidos, e noções musicais de crescendo e diminuendo. Neste campo, está cada vez mais difícil enganar e é melhor preparar-se para um bom capricho.

Ah, antes que me esqueça: é bom evitar carro velho.

Sucesso à brasileira

Ela queria sair de peito nu no carnaval.

Nem estava pensando nisso quando a amiga da amiga apresentou-a ao diretor da ala considerada por ela a mais firme da escola de samba do seu Nenê. O homem de calças brancas e uma perazinha de barba abaixo da boca avaliou a moça, de blusa frente única, e perguntou:

— Sabe sambar, menina?

— Nossa! — garantiu a amiga. — Humilha.

— Quer sair de destaque, no alto do carro?

— Ah, tenho dinheiro pra isso não. Pra fantasia de destaque, não.

— A gente banca. Beleza assim tá difícil.

— Então eu topo.

O homem avisou:

— É *topless*.

— Tô fora.

A irmã mais velha estava junto, deu força:

— Deixa de ser boba! É carnaval!

— E papai? Mamãe?

— Eu dobro eles.

No impulso, aceitou. Mostrou, sambando na quadra, o acerto da escolha. O homem da pera apreciava a trêmula beleza e antevia o sucesso.

As meninas, três filhas, foram juntas ganhar a mãe. A mais velha fora frustrada no seu tempo, a segunda desejou e não ousou, agora davam força para a caçula, cujos olhos brilhavam de expectativas. A mãe até sorriu:

— Que é isso, gente? E seu pai? Seus irmãos? E os vizinhos? Os colegas de trabalho? Vão perder o respeito, a televisão mostra tudo.

Parecia que nem estava contra, era só juízo de mãe. O problema eram os outros. Problema? O pai não tinha forças. Anos de alcoolismo haviam transformado a sua capacidade de trabalho em aposentadoria precoce e reduzido a sua opinião a insultos, resmungos e muxoxos. Para evitar palavrões, nem falaram com ele. Dos irmãos, um lavava as mãos se as mulheres achavam que estava certo:

— Eu não tenho peito, não entendo essa vaidade de mostrar.

O mais novo achava a irmã tão bonita que a Playboy ia se interessar e ela ia ficar famosa.

Com a vizinhança, sim, poderia haver complicações. Moravam em Cangaíba — que a irmã do meio, irônica, chamava de "Canga City" — onde a vida alheia era parte do entretenimento. Tinham de neutralizar primeiro a Lagartixa, sessentona sem-que-fazer que ficava o dia inteiro sentada numa cadeira, na calçada, e dava conta de tudo o que acontecia num raio de trezentos metros. Uma lata de goiabada abriu o coração da Lagartixa. Depois, uma conversa de passinhos miúdos. Que a menina ia desfilar no carnaval (ah, pois então), ia sair na escola da Vila Matilde (anh, é ótima e é perto, né?), mas havia um problema (dinheiro?), eles queriam que ela fosse destaque (isso é problema?), de peito nu.

— E o que é que tem?

Já não se fazem fofoqueiras como antigamente. Ela defendeu a opção da menina e logo o bairro estava a favor. Esperavam que ela ficasse famosa e um pouco da glória respingasse em todos. Os homens, com segundas intenções, queriam mais é ver ao vivo e em cores as graças secretas. Quanto ao trabalho, estava disposta a encarar as consequências. Sempre quis dançar, cantar, largar aquele emprego de *telemarketing*. O último obstáculo: o namorado.

— Se desfilar, está acabado.

Amadurecida na decisão, ofendida pelo tom machista, não hesitou em dizer que já estava acabado, mesmo sem desfile.

E partiu para a avenida.

Uma semana depois do sucesso no sambódromo, cumprimentada com orgulho no bairro, estuda várias propostas, excetuadas as indecorosas: bailarina de um programa dominical de televisão, bailarina de um grupo de pagode, posar nua para duas revistas masculinas, recepcionista de feira para uma fábrica de automóveis, e casamento — duas. Uma delas do ex-namorado, que promete ser seu escravo para o resto da vida.

Novas armas

Eram comuns as barriguinhas de verão. Leila Diniz, musa da segunda metade dos anos de 1960, inaugurou na época o espetáculo da barriga grávida, ao ir à praia de biquíni. Hoje, tempo de fugidia modéstia, assistimos à passagem das barriguinhas de inverno. É a moda: blusa curta e calças e saias *jeans* de cintura baixa. Algumas na verdade tão baixas que uma pequena depilação tornaria mais discreto o desfile.

Não é incoerente barriga de fora no frio? As previsões da meteorologia são de inverno rigoroso. Tivemos uma amostra em junho. Ventos penetrantes como agulhas geladas. Gripes, corizas, resfriados, lábios rachados. Nada parece intimidar as meninas. A coisa se propaga: uma vê as outras, sente-se diminuída diante daquela ousadia de umbigos atraindo olhares, e imita. Pode ser até que vistam um casaco e joguem alguma echarpe no pescoço, mas a barriga segue nua.

Ela foi eleita informalmente o foco atual da sedução. Tivemos em outros tempos os olhos de sombras coloridas, os lábios de batom brilhante, o cabelinho pega-rapaz, a minissaia, o decote tomara que caia que privilegiou colo e ombros, a frente-única que elegeu as costas, a saia justa que explorou a silhueta – e por aí vai.

Um sinal de que essa coisa de agora estava a caminho foi a difusão entre as garotas do *piercing* no umbigo e da minitatuagem na altura do apêndice ou do cóccix. Como exibir esses signos de rebeldia jovem se meio palmo de cintura não estiver de fora?

E reparem bem: as gordinhas durinhas aderiram à moda com a certeza de que estão agradando. Não se envergonham de dobras e pneus, se acham provocantes. Parece que estão obtendo bons resultados. Comparadas com as outras, de barriguinha tipo tábua, talvez transmitam uma ideia de conforto, sei lá. Uma amiga gordinha me sorriu toda lambida e tentou uma explicação, mostrando:

— É bom de beliscar.

Houve um tempo, não muito distante, em que as barrigas eram quase secretas na cultura ocidental. Os maiôs eram inteiriços. Ninguém nunca viu o umbigo de Esther Williams, a rainha das águas de Hollywood. Até as misses desfilavam de maiô inteiro. Nunca vimos o umbigo de Martha Rocha. O calção do maiô de duas peças ia até a boca do estômago. O biquíni foi criado em 1946, com muita onda e raro uso. Demorou quase 20 anos para ser aceito nos Estados Unidos. Entre nós, só as escandalosas do teatro de revista ousavam tanto.

Agora, até as grávidas acham legal exibir a barriga. Nas lojas especializadas veem-se calças de cós baixo para elas, e blusas leves justas acentuando o contorno. Algumas abertas, soltas. Atualizam nos corredores dos *shoppings* o que Leila Diniz ousou na praia.

Nota-se que mesmo alguns rapazes estão mudando, não se angustiam com um pouco de barriga. Talvez considerem aquele modelo tanquinho coisa de passarela. Homens casados veem a própria barriga como um direito conquistado. Já se admite até jogador de futebol meio roliço. Não arrumaram uma frase ufanista para justificar Ronaldo? "Ainda bem que esse gordo é nosso" — dizem.

Voltemos às moças e ao frio. Cheguei à casa de um amigo no momento em que a filha dele saía, rigorosamente na moda. Brinquei:

— Barriga de fora nesse vento frio, menina?

E ela:

— Ora, a gente não anda de cara no vento? Por que a barriga não pode?

Pode, pode. Bom proveito, garotas.

Três derrotas

Fiz algumas tentativas de apreciar corridas de automóvel.

Quando eu era menino, havia um piloto que assombrava: Francisco Landi. Um sujeito feioso, dentucinho, magrelo, de bigode, perto dos 40 anos — não tinha nada dos garotões de hoje. Os carros, devido ao *design*, eram chamados de baratinha de corrida. Chico Landi voava, confabulavam os meninos nas esquinas, nas escolas.

Fui ver essa fera na pista em volta da Lagoa da Pampulha, em Belo Horizonte. A Pampulha ainda era uma novidade, aí pelo ano de 46, e para nós, mineiros, o automobilismo também. Chico Landi acabara de derrotar, em Interlagos, o campeão mundial, o italiano Pintacuda. Ia-se de bonde para a Pampulha, quase dez quilômetros, uma viagem. Naquele tempo, garotos podiam andar meio largados, aventureiros, e lá fomos, eu e uns primos, beirando os dez anos. As mães recomendaram: cuidado com as curvas, fiquem longe das curvas! Aquilo não era um autódromo, era uma estrada de paralelepípedos em volta do lago, e a gente ficava na beira da calçada, os carros zuniam a dois metros. Dava para ver as caras dos pilotos atrás dos grandes óculos, mas mesmo assim não sabíamos quem passava. Um ronco perseguindo outro ronco. Somente Chico Landi era famoso o bastante para garotos de dez anos, julgávamos reconhecer seu bigodinho chispando diante de nós. Postados longe da chegada, não ficamos sabendo quem ganhou. Na verdade, percebemos que a corrida havia terminado porque os carros pararam de passar. Apesar do sol, da novidade e do burburinho, fiquei decepcionado com a aventura.

Só voltei a uma corrida quando o Brasil entrou no circuito da Fórmula-1, quase três décadas depois. Cultuávamos o primeiro dos nossos heróis modernos das pistas, Emerson Fittipaldi, já campeão, e Interlagos vivia seu primeiro Grand Prix, em 73. Fui na empolgação, achando que era só estar lá e gritar, como no futebol. Depois de acompanhar dezenas de voltas e ouvir roncos terríveis, fui obrigado, para me situar, a fazer uma constrangedora pergunta ao vizinho de arquibancada:

— Quem está ganhando?

O rapaz olhou-me com o desprezo que os veteranos sentem pelos calouros. E respondeu que era o Emerson, com uma entonação de "é óbvio". Não, não era; saber quem estava na frente exigia uma certa dedução. Sem informações e equipamentos ficava difícil, e eu não tinha sequer um relógio de pulso. Outras coisas faziam falta: protetor de ouvidos, bloqueador solar, alguma brisa. Necessidades de amador, reconheço, pois aficionado acha uma indignidade usar proteção para os ouvidos ou para a pele. Homem que é homem não toma mel, come abelha. Bom, Emerson ganhou, agitei bandeirinha, mas não posso dizer que foi o máximo.

Sim, cada esporte exige de quem assiste um mínimo de informação. Numa corrida de Fórmula-1 é preciso conhecer as cores, os carros, contar as voltas para não se perder. Tem gente que acha que um carro está em primeiro, quando ele está em último. Talvez exija um pouco mais do que isso, se você quer verdadeiramente vibrar com a coisa. Há que se imaginar lá, no *cockpit*, e frear junto, entrar firme na curva, equilibrar o carro numa dançada, pisar fundo na reta. Isso durante vinte, quarenta voltas, até o momento espetacular em que alguém ultrapassa, ou derrapa, capota, bate.

Na última tentativa fui equipado: óculos escuros, boné, bloqueador solar, cronômetro, rádio, fones de ouvido, binóculos, garrafa de água. Ia tudo bem, mas de repente caiu uma chuva tão forte que eu não conseguia distinguir qual daqueles vermelhos era o Rubinho ou o Alemão.

Vou tentar o basquete.

Corações destroçados

Um pai matou o filho a tiros em Cabo Frio.

Na tragédia grega, o filicídio é um crime tão terrível que não é cometido por escolha humana, ocorre em consequência das tramas dos deuses, que traçam o destino dos homens. O mesmo acontece com o parricídio, o matricídio e o fratricídio. E não é por serem instrumentos do destino que aqueles que matam sofrem menos. Édipo vazou seus dois olhos quando soube que o homem que havia matado era seu pai e que dormira com a própria mãe, mas nem assim aplacou sua dor e seu sentimento de culpa.

Qual foi a trama do destino que empurrou aquele pai para a tragédia em Cabo Frio? Talvez a ponta do novelo tenha sido puxada quando o garoto Leandro começou a jogar polo aquático na Tijuca, Rio de Janeiro. Era bom no esporte, destacou-se. Campeão, estudava e disputava. O destino deu mais corda: o garoto começou a puxar um fuminho, coisa à toa. Mais corda: o garoto foi convocado para a seleção brasileira, com chances de ir para a Olimpíada de Barcelona. Mais corda: ele foi chamado para o serviço militar, acabou-se o sonho olímpico. Saiu do serviço militar viciado em cocaína — e nisso o novelo da tragédia começou a enrolar a família, o pai, a irmã, a mãe. Tiveram de fugir da Tijuca e da dívida do viciado com o traficante, perigo de morte. Venderam tudo pelo preço do desespero e foram tocar um posto de gasolina em Barra de São João, no Estado do Rio. Novo traficante, nova dívida impossível de pagar, nova fuga, para Cabo Frio, nova perda de bens da família. Em Cabo Frio, o pai abriu um novo negócio, um bar, e o filho fez outra dívida com traficantes. Então o pai disse chega, com um bastão de beisebol na mão. O filho avançou. Outro lance do destino: havia um revólver embaixo do balcão, para o pai defender-se contra assaltos. Atira senão te mato, disse o filho, e o pai atirou quatro vezes. Está um trapo: "Minha sentença já foi dada, é o desespero da minha família."

Reparem como tudo se encadeou para este final de tragédia grega, em que os homens são peças que os deuses movimentam, peças pensantes e agentes, por isso trágicas, sofredoras.

Este caso lembrou-me outro, parecido e mais doloroso, e que me impressionou muito porque conheci o filho. O rapaz tinha um rosto lindo, delicado, de pele lisa, quase imberbe, olhos tímidos, boca pequena e rosada; o busto era delicado, fino, frágil; da cintura para baixo era aleijado de nascença, murcho, pernas sem musculatura, vergadas, moles, nas quais se equilibrava com o auxílio de muletas. Quando estava cansado, usava cadeira de rodas. Queria ser autor teatral, mas não conseguira domesticar sua revolta, ou organizá-la em uma forma de arte. O pai era funcionário público aposentado, viúvo, a quem o filho culpava pelo aleijão. O menino de pernas gelatinosas viciou-se em álcool e maconha. "Não reclama não! Não reclama não! Você que me fez assim!" — gritava ele bêbado para o pai. Perdido nessa revolta, tornou-se homossexual. Levava homens para casa, várias vezes fez o pai pagar quando o parceiro era garoto de programa. Depois veio a cocaína. O dinheiro do pai transformava-se em pó branco e sumia pelas narinas do filho. Ele batia o pó na frente do pai, olhando-o em desafio, mostrava as pernas, dizia "olha essas pernas, olha o que você fez", e cheirava. Uma noite o pai sufocou-o até a morte com um travesseiro e matou-se com um tiro no ouvido.

A esses dois casos acrescento outro, para concluir. Éramos meninos, tínhamos um cachorro doente de raiva, preso no quintal de casa. De madrugada, quando todos dormiam, ouvi meu pai sair e, em seguida, barulhos de pauladas, ganidos, silêncio, passos, um tempo longo, passos novamente, água correndo no tanque, depois ele entrou na casa e ouvi seu choro na cozinha, durante algum tempo, até que adormeci.

Se matar um bicho de casa, raivoso, é capaz de destroçar assim o coração de um homem, que dirá matar um filho?

Malditos traficantes.

LUIS FERNANDO VERISSIMO

Hierarquia
Torre de Babel
Caras novas
Incidente na casa do ferreiro
O flagelo do vestibular
Retrato falado
A frase
O coquetel dos gênios
Perdição
Livre
Silogismos

Hierarquia

Deveria haver em todos os setores de atividade o mesmo tipo de hierarquia que existe entre os militares, os religiosos e os espiões ingleses. Assim você e eu iríamos subindo de graduação em graduação da mesma maneira que, por exemplo, o pároco passa a padre e depois a bispo (e existo?), todo general começa como tenente e o agente secreto de sua (deles) majestade deve galgar os sucessivos estágios da sua carreira, todos designados por números, se o Ian Fleming não estava mentindo.

O agente inglês, tendo completado seu curso básico de línguas, balística, apreciação de vinhos e como sobreviver ao inverno russo no caso de passar para o outro lado, começa a sua carreira com a graduação mais baixa: 000 — Licença para ir buscar sanduíche na esquina, pensar em projetos de remoto interesse para a estratégia mundial britânica, como um acesso terrestre às Malvinas, e não dar palpite. Depois passa, uma a uma, para as graduações superiores: 001 — Licença para pensar mal do inimigo. 002 — Licença para rogar praga contra o inimigo. 003 — Licença para passar trote por telefone na embaixada do inimigo. 004 — Licença para assustar o inimigo. 005 — Licença para usar objetos rombudos no inimigo e deixá-lo inconsciente ou muito irritado. 006 — Licença para aleijar. 007 — Licença para matar. 008 — Licença para ficar no escritório, usar o lavatório executivo e mandar um 000 buscar sanduíche na esquina.

Todas as profissões deveriam ser assim. Não haveria apenas um aprendizado ou um simples avanço na carreira — de contínuo e ajudante de escritório, a subgerente, a noivo da filha do diretor, a dono de tudo — mas uma lenta e criteriosa acumulação de méritos. E, no caso de profissões perigosas, como instrutores de artes marciais e escritores, a medida facilitaria o controle das autoridades. É impensável que qualquer pessoa possa escrever o que bem entenda, e até publicar o que escreve, sem nenhum regulamento. Ainda mais sabendo-se que a palavra escrita tem um poder de persuasão equivalente a um golpe de karatê no ouvido. O escritor deveria ter alguma coisa parecida com um porte de armas. E o seu licenciamento progressivo deveria obedecer a uma hierarquia quase britânica. Por exemplo: 000 — Licença para riscar paredes e costas de envelopes. 001 — Licença para fazer versos. 002 — Licença para fazer contos imitando, mal, o Guimarães Rosa. 003 — Licença para tentar o realismo fantástico. 004 — Licença para usar "*et cetera*".

Et cetera. E a fiscalização seria severa. Para ter o direito de ocupar esta expansão de bom e caro papel de jornal eu teria que ter a minha documentação sempre em ordem e respeitar suas determinações.

— Senhor Verissimo?

— Sim.

— Minha identificação. Sou fiscal da Academia Brasileira de Letras, Seção de Defraudações.

— Eu andei fazendo alguma coisa errada?

— Aqui está. Sou 006. Licença para dar palpites mesmo quando ninguém pede. Posso mostrar meu atestado de antecedentes, também. Comecei fazendo texto para folhinhas. Você sabe: seg. ter. qua. ...

— Nós sabemos. Sua licença não é 007...

— 007?

— Licença para usar ponto e vírgula?

— Não, mas...

— Recebemos uma denúncia. O senhor usou ponto e vírgula em duas ocasiões no mês passado. E outra coisa.

— O quê?

— Estas crônicas com muito diálogo.

— Sim?

— Também não pode.

— O quê?

— É um recurso para chegar ao fim da coluna mais depressa, escrevendo menos.

— Mas...

— Está previsto na regulamentação. É proibido.

— Hein?

— Chega. Não cairemos no seu jogo. Por enquanto fica só o aviso. Se o senhor persistir, seremos obrigados a multá-lo, lacrar a sua máquina de escrever e embargar o seu Aurelião. O senhor teria que recomeçar a profissão de baixo, escrevendo grafite em parede de banheiro público. Cuidado!

Torre de Babel

O lançamento do edifício Torre de Babel foi feito com grande estardalhaço nos principais papiros da época. Anúncios de rolo inteiro em todas as línguas conhecidas. Como todos só conheciam uma língua, foi mais fácil. Poucos sabem que na época todo mundo falava búlgaro. Você chegava em qualquer ponto do mundo civilizado — que naquele tempo ficava entre o Tigre e o Eufrates — e se comunicava em búlgaro. Era entendido imediatamente. Não havia perigo de pedir uma sopa e o garçom trazer a cabeça de um profeta, por exemplo. Só o que variava de região para região era o sotaque e o nome para tangerina. Outra vantagem era que não existiam tradutores. Apesar de hoje, muitas vezes, a gente perder a paciência, atirar o livro longe e declarar que o tradutor é a mais antiga das profissões, ou pelo menos filho dela.

E aconteceu que foi lançado o Torre de Babel. Quem comprasse na planta daria dez cabritos, 300 dinheiros, dois camelos e uma escrava núbia de entrada, sete parcelas de 50 dinheiros e 100 cântaros de azeite durante a construção, dezessete camelos e vinte escravas núbias na entrega das chaves e o saldo em prestações mensais de mirra, incenso e todas as suas posses, olho por olho e dente por dente.

O apartamento mais caro, claro, era o de cobertura, no milésimo andar, com amplos salões varridos pelos sete ventos, o que dispensaria o serviço de faxineira, com vista para África, Europa, Ásia, América e, em dias claros, Oceania. Uma das frases do anúncio de lançamento era: "Você vai dar graças a Deus por ter comprado seu apartamento no novo Torre de Babel — pessoalmente."

E aconteceu que começaram as perfurações do solo para os fundamentos do Torre de Babel. E das escavações jorrou um líquido negro e malcheiroso que a todos enojou. E o terreno foi dado como inútil e as escavações transferidas para outro local e o custo da transferência incluído no preço dos apartamentos. E eis que houve muita lamentação entre os compradores, que elevaram suas lamúrias a Jeová. Mas de nada adiantou.

E aconteceu que pouco a pouco foi-se erguendo o imponente edifício com o trabalho escravo de homens do Nordeste, da tribo dos Marmitas. E muitos cantavam a audácia do projeto mas outros ergueram sua voz a Jeová em protesto, pois do que adiantará ao homem, ó Senhor, chegar aos céus e viver em iniquidade? Mas embora todos falassem a mesma língua era como se os grandes engenheiros nada ouvissem. E eis que tomava forma o primeiro espigão no silêncio de Jeová. Alguns conservadoristas tentaram sensibilizar o rei, mas este, parece, tinha dinheiro no negócio e os insubmissos foram pulverizados e seus restos misturados à argamassa e as obras prosseguiram.

E aconteceu que o comprador da cobertura, um magnata do levedo, quis saber como chegaria a seu apartamento, pois pelos seus cálculos a pé levaria um ano, o que o impediria de almoçar em casa. A informação de que escravos fortes com capacidade para duas pessoas ou 160 quilos transportariam os moradores para seus andares não satisfez. Naquele tempo as instalações sanitárias eram em casinhas no fundo do quintal e ninguém gostou da ideia de se construir um edifício de 50 andares só de banheiros atrás do Torre de Babel. E o constante reajuste das parcelas, numa época de restrição de escravas núbias, se tornava insustentável. E eram cada vez maiores as lamúrias dirigidas a Jeová e aos incorporadores.

E eis que Jeová, cuja misericórdia infinita, afinal, tem um limite, se fez ouvir. E vendo que havia confusão entre os homens resolveu aumentar a confusão. Decretou que dali por diante não haveria uma e sim várias línguas e nenhuma delas seria a de Jeová. Hoje Deus só fala búlgaro e, pensando bem, isto não tem ajudado muito a Bulgária. E disse Jeová que os homens se espalhariam pela Terra falando línguas diferentes e que a proliferação de línguas traria a discórdia, as guerras e, pior do que tudo, a dublagem. E assim foi feito.

Caras novas

O Rio é a capital mundial da operação plástica. Não param de chegar estrangeiros para ver, não o Pão de Açúcar, mas o Pitanguy. Quem não consegue reserva com o Pitanguy recorre a outros restauradores brasileiros, com menos nome mas igualmente competentes (é o que dizem, eu não sei. Na única vez que consultei um cirurgião plástico ele foi radical: sugeriu outra cabeça. E aquela história do cara que era tão feio que foi desenganado pelo cirurgião plástico?). Os responsáveis pelo turismo no Rio podiam montar um balcão no aeroporto — reserva de cirurgião — para receber os visitantes que chegam tapando o rosto e pedindo informações.

— Que tipo de operação o senhor deseja?

— Papada. Quero um bom homem de papada.

O cirurgião plástico, injustamente chamado de gigolô da vaidade, desempenha uma função social muito importante. Os eventuais exageros não são culpa sua. São os clientes que insistem.

— Minha senhora, é impossível esticar a sua pele ainda mais. Já lhe operei 17 vezes. Não tenho mais o que puxar.

— Desta vez só quero que você me tire esta covinha do queixo.

— Isso não é covinha. É o seu umbigo.

Antigamente a cirurgia plástica era um recurso extremo.

— Querida, que bobagem, operar o nariz. Eu gosto do seu nariz assim como está. Casei com o seu nariz quando casei com você.

— Acontece que eu não aguento mais o meu nariz. Não posso viver com ele mais nem um minuto. Não quero mais ver esse nariz na minha frente.

— Mas uma operação plástica...

— Você tem que escolher: ou ele ou eu.

Hoje só falta dar nas colunas sociais:

"Gigi Gavrache reuniu um grupo de amigos para a inauguração do seu novo queixo — o terceiro em dois anos — que recebeu muitos elogios. 'Voluntarioso', 'sensível', 'um clássico', foram alguns dos comentários ouvidos durante a noite. 'Não posso me queixar...' disse Gigi, com sua conhecida verve."

"Muito comentado o encontro casual de Dora Avante e Scaninha Vabis na pérgola do Copa, sábado pela manhã. As duas estavam com o mesmo nariz. Domage..."

Imagino que no mundo da cirurgia plástica — que é uma forma de escultura com anestesia — devem existir algumas das mesmas instituições do mundo das artes, que também são plásticas. Como a fofoca.

— O que você está achando da nova fase dele?

— Muita influência estrangeira. Só dá perfil romano.

— Achei o queixo da Gigi bem solucionado.

— Mas nada original. Eu estava fazendo queixos assim há cem anos. O romantismo está ultrapassado. Ele não evoluiu.

— Por sinal, não deixe de ir ao meu *vernissage*.

— *Vernissage*?

— Vou expor alguns traseiros. Meu trabalho mais recente.

Mas tem um problema que me preocupa. Digamos que a americana rica se operou com o Pitanguy. Está contentíssima com o resultado e prepara-se para embarcar no avião de volta a Dallas. Ela tem que passar pelas autoridades no aeroporto.

— Seu passaporte, senhorita.

— Senhorita, não, senhora.

— Perdão.

— Obrigada.

— Mas... este passaporte não é seu.

— Como que não? Aí está o meu nome. Gertrude sou eu.

— Mas a fotografia é do Ronald Reagan.

— Ridículo.

— Está aqui. O Ronald Reagan de peruca.

— Essa sou eu.

— Impossível, senhorita. Vamos ter que confiscar este passaporte. Providencie outro com a sua fotografia.

Incidente na casa do ferreiro

Pela janela vê-se uma floresta com cada macaco no seu galho. Dois ou três cuidam o rabo do vizinho mas a maioria cuida o seu. Há também um moinho diferente, movido por águas passadas. Pelo mato, sem cachorro, passa Maomé a caminho da montanha. Para evitar que a montanha venha até ele e cause um terremoto. Dentro da casa do ferreiro, este conversa com o filho do enforcado.

— Nem só de pão vive o homem — diz o ferreiro.

— Comigo é pão, pão, queijo, queijo — diz o filho do enforcado.

— Um sanduíche: Você está com a faca e o queijo na mão. O pão não porque o diabo ainda não entregou. Mas cuidado.

— Por quê?

— Essa é uma faca de dois gumes.

Entra o cego gritando:

— Eu não quero ver! Eu não quero ver!

Atrás do cego entra um guarda com um mentiroso seguro pelo braço.

— Peguei o mentiroso mas o coxo fugiu — anuncia o guarda.

— Eu não quero ver! — insiste o cego.

Chega um vendedor de pombas com uma pomba na mão e duas voando à sua volta. O filho do enforcado pergunta quanto custam as pombas.

— Esta na mão é 50 — diz o vendedor. — As duas voando eu faço por 30 cada uma.

— Não me mostra que eu não quero ver! — grita o cego.

O cego se choca com o vendedor de pombas, que larga a pomba que tinha na mão. Agora são três pombas voando sob o teto de vidro da casa do ferreiro.

— Esse cego está cada vez pior! — protesta o ferreiro.

O guarda informa que vai atrás do coxo e pede uma corda para amarrar o mentiroso. O filho do enforcado faz cara feia à menção da corda.

O guarda sai pela porta mas volta em seguida dizendo para o ferreiro que um pobre quer falar com ele. Algo sobre uma esmola muito grande.

Parece desconfiado. Sai o guarda e entra o pobre.

— Olha aqui, doutor — diz o pobre. — Essa esmola que o senhor me deu, dá pra desconfiar...

— Está bem. Devolve a esmola e pega uma pomba.

— Essa eu não quero ver! — grita o cego.

Entra o mercador. O ferreiro dirige-se a ele.

— Foi bom você chegar. Me ajuda a amarrar este mentiroso com uma... me ajuda a amarrar o mentiroso.

O mercador põe a mão atrás da orelha e diz:

— Hein?

— Eu não quero ver! — grita o cego.

— O quê?

— Peguei uma pomba! — grita, exultante, o pobre.

— Não me mostra — pede o cego.

— Como? — diz o mercador.

— Agora é só arranjar um espeto de ferro que faço um galeto — diz o pobre.

— Infelizmente, aqui em casa só tem espeto de pau — informa o ferreiro. E, esquecendo-se da presença do filho do enforcado, pergunta:

— Essa corda, vem ou não vem?

O filho do enforcado sai da casa, furioso. Do lado de fora atira uma pedra no telhado de vidro. Duas pombas saem voando pelo buraco do teto. Pela porta de trás, de tapa-olho, entra o último.

— Como é que você entrou aqui? — pergunta o ferreiro.

— Arrombei a porta — responde o último.

— Vou ter que arranjar uma tranca para essa porta arrombada. De pau, claro.

— Vim avisar que já é verão — diz o último.

— Vi não uma mas duas andorinhas voando aí fora.

— Hein? — diz o mercador.

— Não era andorinha — explica o ferreiro, cansado de tanto movimento. — Eram duas pombas, e das baratas.

O pobre chama o último:

— Ei, você aí de um olho só...

Ao ouvir isso, o cego se prostra no chão. Em frente ao mercador, por engano.

— Meu rei! — exclama o cego.

— O quê?

— Chega — grita o ferreiro. — Todos para fora! Rua!

Todos se precipitaram para a porta. Menos o cego, que vai de encontro a uma parede. O último corre atrás dos outros protestando.

— Parem! Primeiro eu. Primeiro eu!

O cego vai atrás do último.

Meu rei! Meu rei!

O ferreiro, finalmente sozinho, suspira aliviado. Que dia!

O flagelo do vestibular

Não tenho curso superior. O que eu sei foi a vida que me ensinou e, como eu não prestava muita atenção e faltava muito, aprendi pouco. Sei o essencial, que é amarrar sapatos, algumas tabuadas e como distinguir um bom *Beaujolais* pelo rótulo. E tenho um certo jeito — como comprova este exemplo — para usar frases entre travessões, o que me garante o sustento. No caso de alguma dúvida maior, recorro ao bom senso. Que sempre me responde da mesma maneira:

— Olha na enciclopédia, pô.

Este naco de autobiografia é apenas para dizer que nunca tive que passar pelo martírio do vestibular. É uma experiência que jamais vou ter, como a dor do parto. Mas isso não impede que todos os anos eu sofra com o padecimento de amigos que se submetem à terrível prova, ou até de estranhos que vejo pelos jornais chegando um minuto atrasados, tendo insolações e tonturas, roendo metade do lápis durante o exame e, no fim, olhando para o infinito com aquele ar de sobrevivente da marcha da morte de Bataan[5]. Enfim, os flagelados do unificado. Só lhes posso oferecer minha simpatia, como oferecia uma conhecida nossa que este ano esteve no inferno.

— Calma, calma. Você pode parar de roer as unhas. O pior já passou.

— Não consigo. Vou levar duas semanas para me acalmar.

— Então roa as suas próprias unhas. Essas são as minhas.

— Ah, desculpe. Foi terrível. A incerteza, as noites sem sono. Eu estava de um jeito que calmante me excitava. E, quando conseguia dormir, sonhava com escolhas múltiplas: a) fracasso, b) vexame, c) desilusão. E acordava gritando: Nenhuma dessas! Nenhuma dessas! Foi horrível.

— Só não compreendo por que você inventou de fazer vestibular a esta altura da vida.

— Mas quem é que fez vestibular? Foi meu filho. E o cretino está na praia enquanto eu fico aqui, à beira do colapso.

Mãe de vestibulando. Os casos mais dolorosos. O inconsciente do filho às vezes nem tá, diz pra

---

5. Célebre batalha entre os exércitos do Japão e EUA, ocorrida nas Filipinas durante a Segunda Guerra Mundial.

coroa que cravou coluna do meio em tudo e está matematicamente garantido. E ela ali, desdobrando fibra por fibra o gabarito. Não haveria um jeito mais humano de fazer a seleção para as universidades? Por exemplo, largar todos os candidatos no ponto mais remoto da Floresta Amazônica e os que voltassem à civilização estariam automaticamente classificados? Afinal, o Brasil precisa de desbravadores. E as mães dos reprovados, indagadas sobre a sorte do filho, poderiam enxugar uma lágrima e dizer com altivez:

— Ele foi um dos que não voltaram.

Em vez de:

— É uma besta!

Os candidatos a Engenharia no Rio de Janeiro poderiam ser postos a trabalhar no metrô dia e noite, quem pedisse água seria desclassificado. O Estado acabaria com poucos engenheiros novos — aliás, uma segurança para a população —, mas as obras do metrô progrediriam como nunca. Na direção errada, mas que diabo.

O certo é que do jeito que está não pode continuar. E ainda há os cursinhos pré-vestibulares. Em São Paulo os cursinhos usam helicópteros na guerra pela preferência dos vestibulandos. Daí para o napalm, o bombardeio estratégico, o desembarque anfíbio e, pior, a interferência do Reagan para negociar a paz é um pulo. Em São Paulo há cursinhos tão grandes que, para o professor se comunicar com as filas de trás, tem de usar o correio. Se todos os alunos de cursinhos no centro de São Paulo saíssem para a rua ao mesmo tempo, ia ter gente caindo no mar em Santos. O vestibular virou indústria. E os robôs que saem das usinas pré-vestibulares só têm dois movimentos: marcar cruzinha e rezar.

O filho da nossa nervosa amiga chegou em casa meio pessimista com uma de suas provas.

— Sei não. Acho que entrei pelo cano. O inglês não tava mole.

— Mas, meu filho, hoje não era inglês. Era Física e Matemática.

— Oba! Então acho que fui bem.

Retrato falado

Uma das coisas que eu não entendo é retrato falado. Em filme policial americano, no retrato falado sai sempre a cara do criminoso, até o último cravo. Mas na vida real, que nada tem de filme americano, o retrato falado nunca tem o menor parentesco com a cara do cara que acaba sendo preso.

— Atenção. Aqui está um retrato falado do homem que estamos procurando. Foi feito de acordo com a descrição de dezessete testemunhas do crime. Decorem bem a sua fisionomia. Está decorada?

— Sim, senhor.

— Então, procurem exatamente o contrário deste retrato. Não podem errar.

Imagino os problemas que não deve ter o artista encarregado dos retratos falados na polícia. Um homem sensível obrigado a conviver com a imprecisão de testemunhas e as rudezas da lei.

— O senhor mandou me chamar, delegado?

— Mandei, Lúcio. É sobre o seu trabalho. Os seus últimos retratos falados...

— Eu sei, eu sei. É que estou numa fase de transição, entende? Deixei o hiper-realismo e estou experimentando com uma volta às formas orgânicas e...

— Eu compreendo, Lúcio. Mas da última vez que usamos um retrato falado seu, a turma prendeu um orelhão.

O pior deve ser as testemunhas que não sabem descrever o que viram.

— O nariz era assim, um pouco, mais ou menos como o seu, inspetor.

— E as sobrancelhas? As sobrancelhas são importantes.

— Sobrancelhas? Não sei... como as suas, inspetor.

— E os olhos?

— Os olhos claros, como os...

— Já sei. Os meus. O queixo?

— Parecido com o seu.

— Inspetor, onde é que o senhor estava na noite do crime?

— Cala a boca e desenha, Lúcio.

E há os indecisos.

— Era chinês.

— Tem certeza?

— Ou era chinês ou tinha dormido mal.

E deve haver a testemunha literária!

— Nariz adunco, como de uma ave de rapina. A testa escondida pelos cabelos em desalinho. Pelos seus olhos, vez que outra, passava uma sombra como uma má lembrança. A boca de uma sensualidade agressiva mas ao mesmo tempo tímida, algo reticente nos cantos, com uma certa arrogância no lábio superior que o lado inferior refutava e o queixo desmentia. Narinas vívidas, como as de um velho cavalo. Mais não posso dizer porque só o vi por dois segundos.

Os sucintos:

— Era o Charles Bronson com o nariz da Maria Alcina.

— Tipo Austregésilo de Athayde, mas com bigodes mexicanos.

— Uma mistura de cachorro boxer, comandante da Varig e beque do Madureira.

— Bota aí: a testa do Jaguar, o nariz do Mitterrand, a boca do porteiro do antigo Fred's e o queixo da Virgínia Woolf. Uma orelha da Jaqueline Kennedy e a outra, estranhamente, do neto do Getty.

— A Emilinha Borba de barba depois de um mau voo na ponte aérea com o Nélson Ned.

E há as surpresas.

— Bom, era uma cara comum. Sei lá. Nariz reto, boca do tamanho médio, sem bigode. Ah, e um olho só, bem no meio da testa.

O ciclope ataca outra vez!

Experimente você dar as características para o retrato falado de alguém.

— Os olhos da Sandra Brea. Isso. Um pouco menos sobrancelha. O nariz da Claire Bloom de 15 anos atrás. A boca da Cláudia Cardinale. O queixo da Elizabeth Savala. Um seio da Laura Antonelli e outro da Sydne Rome. As pernas da Jane Fonda.

— Feito. Mas quem é essa?

— Não sei, mas se encontrarem, tragam-na para mim depressa. E viva!

A *frase*

O melhor texto de publicidade que eu já vi era assim: uma foto colorida de uma garrafa de uísque Chivas Regal e, embaixo, uma única frase: "O Chivas Regal dos uísques."

O anúncio é americano. Em algum anuário de propaganda, desses que a gente folheia na agência em busca de ideias originais, deve aparecer o nome do autor do texto. No dia em que eu descobrir quem é, mando um telegrama com uma única palavra, um palavrão. A inveja é a forma mais sincera de admiração.

Duvido que o autor da frase receba o telegrama. O cara que escreve um anúncio assim não recebe mais telegrama. Não atende mais nem a porta.

Não se mexe do lugar. Não lê mais nada, não vê televisão, não vai a cinema e fala somente o indispensável. Passa o dia sentado, de pernas cruzadas, com o olhar perdido. Alimenta-se de coisas vagamente brancas e bebe champanha "brut" em copo tulipa. Com um leve sorriso nos cantos da boca.

Foi o sorriso que finalmente levou sua mulher a pedir o divórcio. Ela aguentou tudo. O silêncio, a indiferença, as pernas cruzadas, tudo. Mas o sorriso foi demais.

— Você não vai mais trabalhar?

Sorriso.

— As crianças precisam de sapatos novos. O aluguel do apartamento está atrasado. Meu analista também...

Sorriso.

— Sabe o que estão dizendo na agência? Que o seu texto para o Chivas Regal foi pura sorte, que você não faz outro igual. Você precisa ir lá mostrar para eles. Saia dessa poltrona. Faça alguma coisa.

Ele fez alguma coisa: descruzou as pernas e cruzou outra vez. Sorrindo.

Contam que a mesma coisa aconteceu com o primeiro homem a escalar o Everest. Para começar, quando chegou no topo, no cume da montanha mais alta da Terra, ele tirou um banquinho da sua mochila, colocou-o exatamente no pico do Everest e subiu em cima dele. O guia nativo que o acompanhava, e que não tinha banquinho, não entendeu nada. Se entendesse, estaria entendendo o homem branco e toda a história do Ocidente. De volta à civilização, o homem que conquistou o Everest passou meses sem falar com ninguém e sem olhar fixamente para nada. Se tinha mulher e filhos, esqueceu. E tinha um leve sorriso nos cantos da boca.

Você precisa entender que quem escreve para publicidade está sempre atrás da frase definitiva. Não importa se for para um uísque de luxo ou uma liquidação de varejo. Importa é a frase. Ela precisa dizer tudo o que há para dizer sobre qualquer coisa, num decassílabo ou menos. Tão perfeita que nada pode segui-la, salvo o silêncio e a reclusão. Você atingiu o seu próprio pico.

O autor da frase certamente continua sentado até hoje. Levanta-se só para ir ao banheiro, trocar de roupa e telefonar para fornecedores de enlatados e champanha. Os que ainda lhe dão crédito. Uma faxineira vem uma vez por semana limpar o apartamento. Há pouco para limpar. Ele não toca em nada. Os amigos preocupam-se com ele. Ele responde a todos com monossílabos e vagos gestos com o copo tulipa.

Só tem duas coisas a fazer, passada a euforia das alturas. Uma é voltar para a agência com o triplo do salário, apenas para perambular pelas salas e ser apontado a novatos e visitantes como o autor da frase, aquela.

— Você quer dizer... a frase?

— A frase.

Outra é começar de novo em outro ramo. Com uma banca de chuchu na feira, por exemplo. Ele não precisa conquistar mais nada, é o único homem realizado do século.

Mas por enquanto só olha para as paredes. De vez em quando diz baixinho:

— O Chivas Regal dos uísques...

Aí atira a cabeça para trás e dá uma gargalhada. Depois descruza e recruza as pernas e bebe mais um gole de champanha.

O coquetel dos gênios

E então, no meio daquele coquetel de inauguração de qualquer coisa, entre uma mulher que conta a novela e um homem que cita Peter Drucker[6], fazendo o possível para não ser visto pela grande senhora que há pouco o ameaçou com uma nova teoria de comunicação que traz escondida entre os seios, você procura alívio numa bandeja que passa. Confortai-me com canapés que desfaleço de banalidades.

E pensar que aquela mesma espécie já dera tantos gênios. Compositores, pintores, escritores, pensadores... Se fosse possível reuni-los todos num imenso coquetel... que vitalidade! que brilho! principalmente, que conversa!

---

6. Economista austríaco, autor de livros considerados revolucionários, sobre administração e gestão empresarial.

Imaginemos que aqueles dois ali, em vez de serem um empresário notoriamente analfabeto e um político que fala português de anedota, fossem, digamos, Beethoven e Vincent van Gogh. Aproximemo-nos para ouvir o que dizem os gênios.

Van Gogh aponta para um dos seus ouvidos.

Fala neste aqui que com o outro eu não escuto.

E Beethoven:

— Hein?

— Fala no outro ouvido. Desse lado eu não escuto nada.

— O quê?

— Hein?

— Como?

— O outro ouvido! O outro ouvido!

Está bem, não é um bom exemplo. O Picasso chegaria de bermudas, beliscando as mulheres. Também não serve. De repente bateriam à porta, o mordomo iria abrir e não veria ninguém. Fecharia a porta, intrigado, ouviria batidas outra vez, abriria de novo e então ouviria uma voz vindo debaixo:

— Sou eu, seu filho de um cão sarnento com uma faxineira de Antuérpia!

É Toulouse-Lautrec, mal-humorado. Mais tarde Willian Faulkner, a caminho do seu décimo "bourbon", tropeçará nele e cairá ao comprido no tapete, aos pés de Oscar Wilde, que, girando seu absinto no copo, dirá:

— Gosto de ter admiradores, mas isso é ridículo.

— Aposto que eles ensaiaram isso antes — dirá Bernard Shaw para Sócrates, ao seu lado. Este olha com desconfiança para o copo que tem na mão.

— O que será que estão me dando? — pergunta Sócrates.

— Se não é "scotch" é porcaria — sentencia Shaw.

— A última bebida que me deram era cicuta.

O rosto de Shaw se ilumina com a deixa.

— Cicuta, pra mim, é um veneno.

Shaw sai de grupo em grupo para contar a própria frase, às gargalhadas, mas a repercussão não é boa. Kant e Vitor Hugo se desentenderam por alguma razão, trocaram insultos e o ambiente ficou pesado. E Wagner, martelando no piano com as duas mãos abertas, não está ajudando em nada. Beethoven é o único que não se incomoda. Van Gogh tapa uma orelha. Salvador Dali tapa os olhos para não ouvir.

Ouve-se um grito detrás de uma porta fechada. A porta se abre e uma mulher seminua sai correndo. Minutos depois, pela mesma porta, aparece, ajeitando a gravata, o marquês de Sade e explica:

— Não é o que vocês estão pensando. Nós estávamos tendo uma discussão filosófica na cama e aí surgiu um hindu louco e puxou o lençol.

Por trás do marquês aparece Mahatma Ghandi, envolto no lençol e pedindo desculpas:

— É que derramei Coca-cola na minha outra roupa e...

Hemingway, rodeado por simbolistas franceses e segurando o copo como uma granada, argumenta:

— Eu (obscenidade) no leite do simbolismo. Eu (obscenidade) no leite das proparoxítonas maricas.

Aristóteles, que tem um copo de leite na mão, afasta-se prudentemente.

Não, pensa você, mastigando um quadradinho de pão coberto com uma pasta vagamente marinha. Seria ótimo ouvir os gênios, mas um a um. Não num coquetel. Definitivamente, não num coquetel.

Perdição

Você conhece a velha piada: é fácil deixar de fumar, eu mesmo já deixei mais de cem vezes. Ou a do cara que passa a usar uma piteira comprida porque o médico lhe disse para manter-se longe do cigarro. Mas não há nada engraçado numa pessoa tentando livrar-se do vício. Outro dia, por exemplo, prenderam um estrangulador.

— É que eu deixei de fumar, delegado...

— E daí? Isso é desculpa para estrangular 17 pessoas?

— Eu não sabia o que fazer com as mãos...

Como nunca fumei, a não ser quando era criança e experimentava escondido — mas aí o importante não era o cigarro, era o escondido — não tenho muita paciência com o martírio dos que deixam de fumar.

Antes eles eram impossíveis, com aquele ar de superioridade e de falso autodesprezo que todo viciado assume diante de nós, inocentes.

— Você não fuma, não é? Faz muito bem. Eu já estou perdido.

Mas estava implícito em sua atitude que cada baforada era um gosto do doce prazer da perdição que eu jamais sentiria. Por não fumar, eu era ingênuo, trouxa, reprimido e provavelmente virgem.

Agora eles são insuportáveis na sua dependência. E eu sou intransigente na minha superioridade.

— Me dá uma bala.

— Não tenho.

— Um chiclé.

— Não uso.

— Me dá esse lápis pra mastigar.

— Não dou.

— Deixa eu roer as tuas unhas. As minhas já acabaram.

— Não deixo.

Quem deixa de fumar fica intragável.

São nervosos. Engordam e emagrecem como os outros respiram. Alguns mantêm um cigarro apagado sempre no canto da boca ou entre os dedos e usam para gesticular, cheirar e amassar furiosamente no cinzeiro antes de tirar outro da carteira. E não aceitam cigarro oferecido.

— Tenho os meus, obrigado.

Mas não me comovo. Afinal, quem demorou tanto tempo para descobrir que encher os pulmões de fumaça pode fazer mal à saúde não merece compaixão.

Alguns engordam demais e, aí sim, têm minha compreensão. Eu sou solidário no peso.

É fácil fazer regime. Eu mesmo começo um novo todas as segundas-feiras. Mas não adianta, sou viciado. Em cigarro de chocolate, inclusive, embora não trague. Uma vez combinei com um amigo do mesmo apetite formarmos uma sociedade de Ajuda Mútua. Como os Alcoólatras Anônimos. Sempre que nos víssemos diante da tentação da comida, procuraríamos o apoio do companheiro para não quebrar o regime.

— Alô? sou eu.

— A esta hora da madrugada?

— Estou há quatro horas sentado na frente de um quindim, resistindo à tentação. Mas estou no fim das minhas forças. Eu vou comer o quindim.

— Não faça loucura.

— Eu vou comer o quindim!

— Espere! Não faça nada. Vou já para aí.

— É dos molhadinhos. De um amarelo-gema profundo. Translúcido em cima e com a textura mais firme em baixo...

— Aguenta que eu já estou saindo!

Haveria reuniões periódicas da nossa sociedade para autocrítica e recriminações.

— Confesso. Tive contato carnal esta semana. Com um filé na manteiga. Mas não toquei no purê de batatas.

— Eu acuso: Vi o companheiro saindo de uma doceria com um pacote suspeito na mão.

— Você não pode ter-me reconhecido. Eu estava de nariz e bigodes postiços!

— Arrá! Eu não tinha certeza mas agora tenho. Era você mesmo. Vergonha!

— E o que é que você estava fazendo perto da doceria? Hein? Hein?

— *Jogging*. E de jejum.

— Conta outra!

Desistimos da sociedade quando nos flagramos planejando, entusiasmados, o bufê e os pratos quentes na festa de inauguração.

Livre

Decidi renunciar à civilização e seus descontentamentos. Deixo minhas posses para a financeira, minha conta bancária para o imposto de renda, meu seguro de vida e meu exemplo para a família e minhas dívidas para a posteridade. Rasgarei, em ato público, minha carteira de identidade, minha carteira profissional, meu passaporte, meu atestado de vacinação, licença de motorista, meu título de eleitor, meu certificado de reservista e meu cartão do Touring. Peço que minha carteira do INPS e meu cartão do CIC sejam queimados e as cinzas espalhadas ao vento. Que meu nome seja sumariamente riscado de todos os cadastros. Depois de dois milhões de anos, volto para o jângal, de onde nunca devia ter saído.

Empenhe-se meu relógio e leiloe-se minha coleção da "Playboy". Há um resto de Ballantine na cozinha, que deve ser dividido entre os amigos depois que eu me for. Meus vinhos para o povo. Do guarda-roupa levo apenas o suficiente para chegar, com um mínimo de recato, até Manaus. Depois a nudez e a selva. Queimem-se minhas três gravatas.

Meus livros? Queimem-se todos. Não. Vou precisar de alguma coisa para ler no avião. Deixa um policial qualquer, não quero nem saber o título. Não, esse não. Levo todos os meus livros, isso. Vou desaprender a ler assim que me instalar na minha clareira na Amazônia. Começarei com a "Crítica da Razão Pura"[7] e irei desaprendendo, desaprendendo até a cartilha. Só serei livre quando Eva, a uva e vovó não significarem nada além de riscos pretos numa página branca, e aí queimarei a página. Com quê? É bom levar fósforos. Não sei se vou conseguir fazer fogo por fricção. Aliás, tem um livro aí que ensina a sobreviver na selva. Esse é melhor guardar.

Vão pedir meus documentos para embarcar no avião. E se eu dissesse, simplesmente, "sou um ser humano sem nome e sem número, meu único documento é esta cara honesta?" Me prendiam, claro. Levo a carteira de identidade. A última concessão. Depois, a liberdade.

Já sei! Vou de carro. Sem parar. Desbravarei matas e pradarias com o meu temível Passat.

---

7. Tratado filosófico do pensador alemão Emmanuel Kant (1724-1804).

O meu adeus à engenharia alemã. Irei largando peças e acessórios pelo caminho. Me despindo, simbolicamente, de camadas de civilização. Chegarei à selva montado num esqueleto de máquina, que enferrujará lentamente na umidade, enquanto eu reaprendo a andar sobre os dois pés nus. O homem, que sobreviveu ao dinossauro, certamente sobreviverá ao Volkswagen.

Agora me dei conta que vai ter espinhos no chão e coisa pior. Melhor levar um estoque de sandálias para os primeiros anos. E, quem sabe, um bom impermeável. Outra coisa: vou precisar de dinheiro para comida, gasolina e pneus no caminho. E minha licença de motorista. E, por via das dúvidas, carteira do Touring.

Então, vamos ver. Livros, fósforos, licença, Touring, sandálias, dinheiro... e só. Nada mais. Queime-se o resto. Vivi milhares de anos sem máquinas e roupas feitas, posso fazer o mesmo outra vez. Me bastam os dentes, o dedão opositor e a imaginação. Vou precisar do relógio, claro. E de uma bússola pra me orientar na selva até aprender a ler a direção nas estrelas e cheirar o vento. Depois, de cultura só me bastará o olfato.

Uma machadinha, um facão, uma lanterna e um estoque de pilhas até que eu aprenda a enxergar no escuro. Pregos e martelos para construir um abrigo. Um canivete suíço. E nada mais. Livre. Só comerei o que caçar e pescar com as próprias mãos. Beberei a água pura das vertentes. Cozinharei a carne e o peixe em espetos de pau-brasil. Vou precisar de sal. Umas latinhas de ervilha, um patezinho, e, muito importante: um abridor de latas. Puxa, e cerveja. E nada mais.

Um homem sozinho com sua fibra e seu poder criador. Só voltarei à civilização se precisar ir ao dentista. Outra coisa: rede de mosquito. E *band-aid*. Contarei os dias pela passagem do Sol e os meses pelas fases da Lua. Aparelho de barbear, lâminas, loção. Me banharei na chuva. Sabonete, tesourinha para unhas. Aspirina. E pomada contra assadura.

Meu Deus, será que tem muita cobra?

Livre. Com uma televisãozinha portátil para não perder o futebol.

Silogismos

Silogismo. Dedução formal tal que, postas duas proposições, chamadas "premissas", delas se tira uma terceira, nelas logicamente implicada, chamada "conclusão".

Isto é o que diz o "Aurélio". Por exemplo: Todos os homens são mortais. Sócrates é homem. Logo, Sócrates é mortal.

Ou: todos os homens são mortais. Aristóteles era homem. Logo, a Jacqueline tinha tudo planejado.[8]

Para ficar mais claro: todos os tocadores de bongô do Caribe se chamam Jesus (primeira premissa). Eu não me chamo Jesus (segunda premissa). Logo, eu jamais estive em Miami com a

---

8. O autor faz um jogo de palavras com o nome do filósofo grego e o do milionário Aristóteles Onassis, que se casou com Jacqueline, viúva do presidente norte-americano John Kennedy.

Orquestra de Perez Prado, minha senhora, e essa criança nem se parece comigo (conclusão).

As premissas de um silogismo devem ser inquestionáveis. Exemplo: quem tem boca vai a Roma (proverbial). Eu tenho boca (basta olhar para a minha cara). Agora só me faltam as passagens e os *travellers checks* (conclusão melancólica).

É impossível construir um silogismo começando com uma premissa falsa. Se você disser "todos os paraibanos batem na mãe", não conseguirá um silogismo. Conseguirá, talvez, uma briga. Mas, se disser "alguns paraibanos batem na mãe, às quintas-feiras", é outra coisa. Você já tem uma premissa especulativa. Algum paraibano em algum lugar deve bater na mãe às quintas-feiras, mesmo que não o confesse em público.

Não se deve também generalizar. Como em "todos os homens são iguais. Eu sou homem. Logo, não entendo por que você prefere o Alain Delon." Evite também as conclusões apressadas ("Os rios correm para o mar. Eu estou correndo para o mar. Eu sou o São Francisco?").

O exercício da lógica pode nos ajudar em todas as situações. Num assalto, por exemplo.

— Você quer o dinheiro. Eu não tenho dinheiro. Logo, você quer o impossível.

— Não vem com essa. Passa a grana. Se não, vai ter tripa na calçada.

— É uma situação interessante. A oposição socrática de absolutos. Você precisa me tirar o que eu não tenho. O amigo certamente conhece o paradoxo: se Deus pode tudo, pode fazer uma pedra tão pesada que ele mesmo não possa levantar? Não é o nosso caso, claro, mas...

— Chega de papo. Passa a carteira.

— Você quer a minha carteira. Eu deixei a carteira em casa. Logo, nós dois queremos a mesma coisa.

— Chega!

— Você tem uma navalha. Passou a navalha na minha barriga. Logo... tem tripa na calçada.

O filósofo grego Cópias (filho de Xerox) desenvolveu um método de lógica dedutiva. Visitava Platão depois do almoço e, sentando-se ao lado da sua cama, começava a deduzir.

— Platão está com os olhos fechados e roncando. Logo, deve estar dormindo. Mas os olhos fechados e o ronco não provam que Platão está dormindo. Platão pode estar fingindo. Ora, se eu fizer um fogo, acender um destes pedaços de palha e colocar entre os dedos de Platão, logo saberei se Platão estava dormindo ou fingindo.

Às experiências de Cópias se devem o início da pesquisa de subjetivismo e constante mau humor de Platão.

E deve-se a Dóxis (filho de Cocix) a invenção do paradoxo. É dele a frase que causou algum sucesso na Grécia Antiga, principalmente nos coquetéis: "O calcanhar de Aquiles do Aquiles era o calcanhar". Dóxis passava o tempo todo dizendo coisas como "eu nunca menti, esta foi a primeira vez" e "Deus não existe porque não quer", até que alguém gritava "para, Dóxis" e...

Todo trocadilho é mortal. Este foi um trocadilho. Logo, chega.

MARINA COLASANTI

Quem tem olhos
A zebra
E a múmia tinha bolsa
No zoológico em companhia
Na praça Jemaa-el-Fna
Amai o próximo, etc...

Quem tem olhos

Eu vinha andando na rua e vi a mulher na janela. Uma mulher como as de antigamente. De cabeça branca e braços pálidos apoiados no peitoril. Sentada, olhava para fora. Uma mulher como as de antigamente, posta à janela, espiando o mundo.

Mas a janela não era ao nível da rua, como as de antigamente. Nem era de uma casa. Era acima da entrada do prédio, acima da garagem, acima do *playground*. Era lá no alto. E diante daquela janela a única coisa que havia para se ver era, do lado oposto da rua, a parede cega de um edifício.

Não havia árvores. Ou outras janelas. Somente a parede lisa e cinzenta, manchada de umidade. Alta, muito alta.

De onde estava, assim sentada, a mulher não podia ver a rua, o movimento da rua, as pessoas passando. Teria tido que debruçar-se, para vê-los. E não se debruçava.

Também não via o céu. Teria tido que esticar o pescoço e torcer a cabeça para vê-lo lá no alto, acima da parede cinzenta e do seu próprio edifício, faixa de céu estreita como uma passadeira. E a mulher mantinha-se composta, o olhar lançado para a frente.

Serena, a mulher olhava a parede cinzenta.

Não era como nas pequenas cidades onde ficar à janela é estar numa frisa ou camarote para ver e ser vista, é maneira astuciosa de estar na rua sem perder o recato da casa, de meter-se na vida alheia sem expor a própria. Não era uma forma barricada de participação. Ali ninguém falava com ela, ninguém a cumprimentava ou via — a não ser eu que parada na calçada a observava — e não havia nada para ela ver.

A mulher olhava para a parede cinzenta. E parecia estar bem.

E por um instante o bem-estar dela me doeu, porque acreditei que sorrisse em plena renúncia à vitalidade, que se mantivesse serena debaixo da canga de solidão e cimento que a cidade lhe empunha, tendo aberto mão de qualquer protesto. Desejei tirá-la dali ou dar-lhe outra vista. Depois, entendi.

A mulher olhava a parede cinzenta, mas diante dela não havia uma parede cinzenta. Havia um telão.

Um telão imenso, imperturbável, onde histórias se passavam. Que ela própria projetava, mas das quais era devotada espectadora e eventual personagem. Suas fantasias, suas lembranças, seus desejos moviam-se sobre a parede que já não era cinzenta, que era o suporte do mundo, ao vivo e a cores. Só ela os via. Mas com que nitidez!

Bem diferente daquela cidadezinha da Dinamarca onde, em viagem, reparei que havia espelhos estrategicamente colocados nas janelas, permitindo que se visse a rua sem ter que abrir os vidros. Espelhos redondos, como retrovisores, onde às pessoas quase escondidas o mundo certamente apareceria pequeno e distorcido, enevoado pelos vidros e cortinas.

A mulher da parede não, era grandiosa. Uma dama em seu elevado posto de observação. Teria podido passar a vida ali, se apenas alguém lhe desse comida.

E vendo-a tão entretida diante do nada, ocorreu-me que muitas pessoas olham televisão exatamente como ela olhava a parede. Sem ver, vendo outra coisa. A família reunida na sala, aquela luz azulada banhando todos no mesmo tom lunar, imagens na tela pequena, e alguém em meio à família projetando por cima das imagens criadas em estúdio outras imagens, mais vívidas, pessoais, criadas no laboratório dos desejos. Ninguém na sala suspeita da sua fuga, ninguém a sabe ausente. Olhando para o mesmo ponto acreditam estar vendo todos a mesma coisa. E se tranquilizam com a falsa semelhança.

Olho da rua a mulher à janela e me alegro. Fechada num apartamento provavelmente pequeno, sem ninguém que lhe dê muita atenção, acima de uma rua estreita e sem árvores, diante de uma parede alta e cinzenta, ainda assim não está sozinha nem se entedia. Tira de si, como um ectoplasma, as imagens que o mundo teima em lhe negar, as imagens da vida. E delas se alimenta. Cria, embora ninguém — talvez nem ela — lhe reconheça a criação. E com seu olhar planta árvores, acende luzes, faz a festa.

Quem tem ouvidos ouça, disse o profeta. E, ele não disse mas digo eu, quem tem olhos veja.

A *zebra*

Entrei, e dei de cara com a zebra. Comia as samambaias. Imóvel, temi que se assustasse com minha presença, meu susto. Mas não pareceu se alterar. Olhos fixos, varava minha transparência.

Uma zebra na sala. Vinda de onde? Ela serena. Eu pronta ao recuo, tensa. Devagar me aproximo em passos duros. Encanto irrefreável, o pelo brilha na obediência das listras, preto novo, branco gasto, amarelo. A crina fura, aparada. E o cheiro de pasto. Há um tremor de expectativa nas orelhas, o prumo da cauda pende. Zebra, cavalo precioso.

A porta do jardim está aberta, não há marcas no gramado. De onde então? Afasto-me sem dar-lhe as costas, com medo que me avance, ou que não faça nada embora eu o permita. Saio, fecho a porta devagar, sem intimidade para deixá-la assim sozinha, de portas abertas. E vou tentar descobrir.

Saberia alguém? Ninguém sabe. Os empregados não a viram chegar, os vizinhos não a viram passar, ninguém é dono. Há algum circo, televisão, filmagem? Nada. No bairro quieto, a calma sem zebras.

Desisto. Abro a porta de novo. A zebra na sala, sem porquê. Mas uma zebra, enfim, agora minha.

Minha zebra. Olho mais. A ponta da orelha rompida de velha cicatriz. O pelo do joelho — é joelho mesmo que zebra tem? — gasto, a pele grossa. Mas os cascos brilhantes. Não é nova minha zebra. Já andou muito, apascentou noutros pastos seu olhar ruminante.

Mas onde andou? Tento um ruído, chamo com o estalar dos dedos. E ela vem suave, a baba verde de samambaias espumando no focinho. Ouso alisá-la. Duro, o músculo não se entrega por baixo da pele, e eu percebo que o gesto é pelo prazer do tato, prazer meu, não dela. Liso, limpo, pelo preto. Liso, limpo, pelo branco. O dedo na listra, acompanhando. A mão perdida em simetrias.

E porque ela não vai embora naquele dia nem naquela noite, e porque fechei a porta envidraçada, a zebra agora mora na minha sala.

Esperando quando chego, acordada quando acordo, sempre de pé, quieta. Trago folhas da rua, ramos de flores, alfafa. Ela come tudo devagar como se tudo tivesse o mesmo gosto. Que comia antes? Olho o gramado sem marcas e me pergunto, olho o joelho gasto e me pergunto.

Já perguntei a ela sem resposta. Nem olha para fora. É um animal sem saudades. Então, quem a trouxe? Ninguém nunca a reclamou, não houve anúncios, ninguém a perdeu. O mistério de listras pasta na minha sala.

Veio de longe, é claro, não há zebras na cidade. Veio sozinha. Mas por que até aqui, por que minha casa? Zebra, você não existe se não se justifica. E de que me vale te querer bem se a qualquer momento posso te perder?

Aos poucos a pergunta cresce fortalecida no silêncio. Eu preciso saber. Então planto flores no gramado para atraí-la, e tento surpreender em seu olhar uma direção além da porta fechada.

Ela não se trai.

Nem quando me escondo durante horas e espio seus movimentos.

Nem no dia em que não resisto, e pela primeira vez deixo aberta a porta envidraçada. De orelhas paradas come as avencas que eu trouxe, ignorando o ar que vem de fora.

À noite o silêncio não me conta nada. De manhã, no gramado, as marcas dos cascos se confundem com as flores.

E a múmia tinha bolsa

Durante 5 mil anos ele permaneceu deitado em seu bloco de gelo. Algo como a Branca de Neve no esquife de cristal. Só que sem maçã envenenada. Então, em vez do príncipe envolto no manto, chegaram para libertá-lo três caçadores acolchoados em parkas.

Ele, o Homem do Canadá, estava envolto em quase nada. Um manto nada principesco, de peles costuradas. E pedaços da sua própria pele grudados nos ossos. Mas a seu lado havia um chapéu, um cajado, uma lança e uma bolsa.

Uma bolsa de couro. Luzia, nossa ascendente primeva recém-encontrada, não trouxe, do passado, a bolsa. Dela só a caveira fez a viagem completa.

Mas se cientistas se dispusessem a recriar virtualmente o corpo de Luzia assim como recriaram seu rosto, é provável que pendente do ombro ou da cintura, como um apêndice natural, houvesse uma bolsa. Uma alça de bolsa corre ao redor do elo perdido, ligando o homem animal ao humano.

A bolsa não é um enfeite. Não é um "a mais". Não é sequer, como tornou-se moda dizer, um acessório — acessório sendo "aquilo que não é essencial; acidental" — Freud sabia da importância da bolsa. Sabia que, simbolicamente, a bolsa é o nosso lado de dentro usado pelo lado de fora.

E bolsa é aquela que se rompe, libertando as águas, para permitir nosso nascimento.

Falar em bolsa d'água é trazer a reboque o pensamento clássico: bolsa é coisa de mulher. Os homens quase não usam bolsa e certamente não a usam quando estão de terno e gravata, decidindo das nove às seis os destinos da humanidade. Não usam bolsa, significando que não precisam de nada, não carregam nada, são autossuficientes. Um presidente eleito não vai à cerimônia de posse levando bolsa. A Primeira Dama vai. Não nos deixemos enganar. A bolsa ali está, embora não se veja. Recortada em tantas sacolinhas, foi espalhada pela roupa, adotando o codinome de *bolso*. Mas continua cumprindo sua função. Se esvaziarmos todos os bolsos de um homem, encontraremos material suficiente para encher uma bolsa.

A bolsa é nossa casa portátil, nosso *trailer* sem rodas. Carregamos a bolsa como o caracol carrega a casca. E todo dia saímos para a vida levando nossa mínima mudança.

O Homem do Canadá levava na bolsa folhas e restos de peixe. O mais provável é que fosse o fruto da caçada, talvez o fruto inicial, aquilo que, sem saber que seria ele próprio caçado pela morte, pensava levar para aqueles com quem convivia. Tento lembrar o que levava o Homem do Gelo, aquela outra múmia antiquíssima encontrada nos Alpes em 1991. Sei que também levava uma arma tosca e que alguma espécie de roupa havia sobrado. Sei que era, ele também, caçador. E poderia jurar que levava bolsa. Um caçador, para poder trabalhar, precisa ter as mãos livres. E porque a caça tantas vezes é pequena e insuficiente, o caçador precisa de um lugar defendido dos animais, que o acompanhe, para ir guardando o que já conseguiu. Alguma ideia melhor que bolsa?

Se alguém encontrar minha bolsa mumificada ao meu lado daqui a 5 mil anos, dificilmente achará nela folhas e restos de peixe. Não levo comigo a caça abatida. Levo o material para abatê-la. Dinheiro, para obter peixe e folhas. Talão de cheques e cartão de crédito para conseguir dinheiro. Agenda, para lembrar os dias propícios a caças e colheitas. E caneta, como lança, para fisgar assuntos que guardarei na agenda, que tostarei no computador, que servirei por *e-mail*, para ajudar a alimentar os meus, com quem convivo. Mudaram os instrumentos, mudaram as aparências. Mas, apesar da distância que nos separa do Homem do Canadá, do Homem do Gelo e de Luzia, não conseguimos nos livrar da nossa condição de caçadores. Nem conseguimos encontrar solução melhor que a bolsa. Talvez seja ela, afinal, o que nos diferencia dos animais.

No zoológico em companhia

Fui trazida pela cegonha. Vi a luz no império do Leão de Judá. Fui transplantada em seguida para amamentar-me com o leite da Loba Capitolina.

O coelhinho levou meu primeiro dente. O Bicho-Papão estabeleceu meu primeiro medo. A Gata Borralheira foi minha primeira história. O Gato de Botas a segunda. Aos poucos, comecei a formar minha cultura estudando os feitos das Águias Imperiais.

Estourada a guerra, agigantava-se o Urso alemão. E ao mesmo tempo em que me debruçava sobre os versos de Virgílio, Cisne de Mantua, acompanhava pelo rádio os feitos de Rommel, Raposa do Deserto.

Mas chegou a hora de a onça beber água, a guerra acabou, e lá vim eu para o Brasil, terra de Zé Carioca, que eu já conhecia através do símbolo A Cobra Está Fumando.

No colégio soube da argúcia de Rui Barbosa, Águia de Haia. Com as amigas derramei lágrimas românticas pelo Condoreiro da Poesia, e me inflamei com alguns de seus versos: "a praça é do povo como o céu é do condor..." Ainda demoraria um pouco para descobrir o encanto de Rubem Braga, doce Sabiá da Crônica. E só bem mais tarde mergulharia nas profundezas de Herman Hesse, Lobo da Estepe.

Criava aos poucos minha sabedoria. Na primavera descobri que uma andorinha não faz verão. E no verão me dei conta de que mais vale um pássaro na mão que dois voando. O primeiro susto me ensinou que cão que ladra não morde. E com a primeira mordida aprendi que não se deve cutucar a onça com vara curta.

Sem ter exatamente sete vidas como um gato, ia levando minha vidinha. Houve momentos em que tive fome de lobo, e outros em que me vi com sede de camelo. Não posso dizer que seja astuta como a raposa, mas garanto que não sou estúpida como uma anta, nem burra como o próprio. E ao longo do tempo me esforcei sempre para ser como Cristo pediu aos Apóstolos: "prudente como a cobra e simples como a pomba."

O mundo porém não é para pombas, e logo tive que reconhecer que o homem é o lobo do homem embora o seja mais da mulher, sobretudo quando é também porco chauvinista. Apelei então para o cão, que, este sim, é o melhor amigo do homem. E sem me pavonear de minhas virtudes, nem morcegar as virtudes alheias, fui em frente.

Ah, não tenho lagartixado tanto quanto gostaria!

Vi um marginal ser abatido a tiros como um cão raivoso, e um pobre velho morrer como um passarinho. Vi muitos ficarem bêbados como gambás. Assisti aos mais altos voos da águia americana (enquanto a águia do México ia perdendo suas penas). Ouvi os melancólicos rugidos do leão inglês, e os cantos do galo da França. Mas os capitalistas são tigres de papel e em festa de nhambu jacu não entra. Vai daí, eu que sou pobre e ainda não ganhei nenhuma fortuna no jogo do bicho, tirei meu cavalinho da chuva e aderi ao velho sistema de cada macaco no seu galho.

Em suma, sobrevivo sem apanhar como boi ladrão. Mas há dias em que me ponho a pensar na morte da bezerra, e de tanto pensar amarro um bode. Num mato sem cachorro, acabo rindo como uma hiena, certa de que é tudo obra do amigo da onça.

Espero apenas, como o peru, não morrer de véspera. E enquanto espero, penso no tremendo vazio que seria minha vida sem a existência do reino animal.

Na praça Jemaa-el-Fna

Sentei no banquinho tão baixo que era quase como se eu estivesse de cócoras, e entreguei a mão espalmada para ela. A mão direita. Antes tinha-me oferecido um mostruário, uma espécie de álbum com fotos, para que eu escolhesse o modelo. Mas não creio que pretendesse seguir modelo algum. Pelo menos, não seguiu. Pegou a seringa cheia de uma massa escura e, empurrando o êmbolo lentamente, começou a desenhar com ela na minha pele, a desenhar aplicada, de lábios apertados como uma menina. De pé ao lado, uma outra moça, velada, olhava entre atenta e vigilante.

Henna, limão e água, é com isso que elas desenham, me explicou mais tarde a camareira do nosso *riad* — *riad* sendo uma espécie de pequeno hotel ou hospedaria dentro da medina. Dura uns vinte dias, no máximo, acrescentou. E tendo dito isso, me mostrou a própria mão da qual os desenhos, agora de pálido vermelho, já se esvaíam.

Na hora, ali na praça, ainda úmidos, os desenhos na minha mão eram pretos, e em ligeiro relevo. E não cobriam apenas a parte de cima, mas a palma também. Uma luva de renda preta, uma tatuagem de superfície, volutas e flores e pontos e traços distinguindo a mão do resto do corpo, dando-lhe mais nobreza que qualquer anel.

É preciso deixar secar bem, não molhar ou esfregar a mão por uma hora ou duas, recomendou-me a artista, satisfeita com sua obra. E eu, disposta a total obediência, saí andando com a mão rígida como se numa tala.

Saí andando e estava na praça Jemaa-el-Fna, no coração de Marrakech. Estava na praça Jemaa-el-Fna com a mão desenhada por uma moça bérbere, com a mão subitamente tão mais antiga que eu, portadora de uma escrita que eu desconhecia. Estava na praça cujo nome significa "encontro dos mortos", porque era ali que antigamente os sultões mandavam decapitar os ladrões e os rebeldes e deixavam expostas suas cabeças. Estava na praça e caminhava entre passado e presente.

Hoje a Jemaa-el-Fna é o grande ponto de encontro dos vivos. É onde tudo acontece a partir do entardecer. É aonde todos querem ir para se despedir do dia.

Andando com a minha mão pintada passei ao lado do vendedor de água, com seu enorme chapéu, seu trajes tradicionais, cheio de canecas de metal penduradas. E ele modernamente me cobrou para ser fotografado. Vi um homem sentado num banquinho, com uma espécie de mesinha à frente, e outro homem com quem ele falava. Era um vidente que lia o futuro. Havia outros mais adiante. Um grupo de acrobatas exibia-se sobre um pano estendido no chão. Grupos de músicos tocavam música *gnaua*. E por toda parte havia luzes e fumaça e cheiro de comidas e especiarias.

Vi uma roda compacta. Me aproximei e abri caminho a poder de sorrisos e cotovelos. Ao centro um homem falava, esboçando alguns gestos. Era um contador de histórias. Lamentei, lamentei tanto não poder entendê-lo, não ter razão para sentar-me de pernas cruzadas no chão entre os das primeiras filas, e deixar-me levar pelas suas palavras, e voltar no dia seguinte, quando ele também voltaria retomando a história que agora contava e que deixaria inacabada.

No meio da multidão colorida e jocosa, vi uma moça que talvez fosse espástica em sua cadeira de rodas empurrada por um jovem, talvez o irmão. Aproximavam-se do encantador de serpentes. Desviei o olhar, para não me sentir indiscreta. Mas quando dali a alguns minutos a olhei novamente, ela estava com uma serpente ao redor do pescoço, e os dedos das duas mãos abertos no ar. Jamais saberei se aquelas mãos falavam de excitação ou de pavor. Jamais saberei com que intenção a cobra lhe foi passada ao redor do pescoço. Talvez ela o desejasse, para vê-la de perto como a um brinquedo. Talvez o encantador ou o irmão considerassem benéfico o contato, a serpente sendo animal de múltiplos significados míticos. Talvez ela tivesse ido à praça apenas para aquele encontro.

A visão do colar vivo e verde continua em mim cheia de mistério, como as palavras do contador de história ou a lembrança dos desenhos que, em minha mão, água e tempo acabaram levando.

Amai o próximo, etc...

Atendo o telefone na minha casa. "Victor está?" diz a voz do outro lado sem sequer um alô, um por favor, nada. Eu, amável, informo que Victor não está nem pode estar porque não mora aqui. O outro bate o telefone na minha cara. Dois minutos, e o telefone toca novamente. "Quero falar com Victor" vem a mesma voz. "O senhor é muito mal-educado", ataco logo para não lhe dar tempo de desligar. "Acabou de ligar, nem me agradeceu, nem me pediu desculpas, e bateu com o telefone. Como já lhe disse, Victor não mora aqui." A voz se faz mais mansa,"A senhora, desculpe. Muito Obrigado." E desliga.

Exulto. Ponto a favor da educação. Pois, se com medo de infrigir-lhe as regras, sempre me abstenho de reprimendas desse tipo, é justamente para mantê-las vivas — as regras, não as reprimendas — que convém fazê-las.

Digo obrigada à caixa do supermercado, que não me responde. Peço por favor ao funcionário do guichê que nem levanta os olhos para a minha pessoa. Dou bom dia ao sujeito do açougue que parece não entender de que dia ou de que qualidade estou falando. Sou uma otária? Não, sou uma resistente.

Minha amiga Claudine de Castro, *socialite* das mais elegantes, publicou um livro de etiqueta. Uma graça o livro, bem-humorado, prático. Fui ao lançamento. Todos ali éramos veteranos praticantes daquilo que se chamava "boas maneiras". Um bando de micos-leões-dourados, pensei. Ameaçados de extinção. Uma amiga comum comentou que daria o livro ao sobrinho, ela não precisava. "Os jovens", acrescentou, "andam muito mal-educados".

Os jovens? Não era jovem o senhor bem vestidérrimo que quase me segurou no meio da rua, interrompendo minha marcha célere, para pedir orientação a respeito de um endereço. Orientação fornecida, o cavalheiro, que certamente não fazia jus à definição, partiu sem dizer água vai. E fiquei eu, no resto da manhã, irritada pela brutalidade.

No Japão, a primeira expressão que me ensinaram quando cheguei foi *sumi-masen*. Equivale ao nosso por favor. Para ajudar-me a gravar essa chave fundamental em qualquer situação, sugeriram que lembrasse da nossa tão frequente corrupção e dissesse em português: sumiu mais cem. Cravou-se, indelével, na minha memória. E dela lancei mão infinitas vezes, com aquela segurança com que se saca um ás da manga. Nunca conheci povo tão bem educado. Todos te atendem sorridentes. Todos te ajudam. Ninguém te esbarra. Ninguém te esbarra mesmo em meio à multidão. E multidão é coisa frequente no Japão. Sem grandes antropologismos, podemos deduzir que a viver em tantos em país tão pequeno ou se entredevoravam ou se educavam. Preferiram educar-se.

Entre nós, os livros de etiqueta como o de Claudine vendem feito pão. Ânsia de educar-se para sobreviver? Não, necessidade de aprender as regras para ascender. Os recém-chegados às mesas de muitos talheres — e há sempre levas novas que chegam e mesas novas que são postas — querem saber que garfo pegar. Pena que o garfo certo não seja fundamental, ou sequer importante, para a boa educação. Boa educação sendo, por exemplo, aquela que as pessoas da roça, de tão poucos talheres e tão pouca comida no prato, praticam com doçura e naturalidade. Cumprimentar o desconhecido com quem se cruza na trilha, coar café ou oferecer água ao visitante que chega. Dar atenção.

Dar atenção é a essência da boa educação. Só isso. Em vez do humilde "por favor", deveríamos dizer: peço a sua atenção. Pois não é favor algum atender o semelhante que precisa de nós. E nenhum contato pode ser gentil sem atenção. No entanto, em todas as línguas, quando se quer ser educado é por favor que se pede, ou desculpas, pois está estabelecido que necessitar do outro, tirar o outro do seu rumo por instantes é algo quase inconveniente, pelo qual devemos nos penitenciar. Convenhamos, há um erro de base. Ou, se quisermos ir um pouco mais além no sentido desses mínimos encontros, há uma lamentável regra de desamor.

MARIO PRATA

Naquela mesa tá faltando um...
Você venceu
Escatológica crônica bizarra
Da importância do diploma
Conto na conta
O lugar

Naquela mesa tá faltando um...

Estava ontem sozinho jantando num restaurante. Cinco mesas ocupadas, incluindo a minha. Quatro casais e eu, sozinho.

Mesa um: estava claro que era o primeiro encontro entre os dois. Dava para perceber que um fazia muita pergunta para o outro. E riam muito, os dois. Percebia-se que ali estava acontecendo uma conquista de ambos os lados. Os dois cheios de solicitudes. Ficarei aguardando até que peguem na mão. Como sorriem um para o outro.

Mesa dois: outro casal ali pela casa dos 30, 35 anos. O pau está quebrando feio. Falam um pouco alto. Percebe-se que estão discutindo a relação. Só eles não devem saber que quando se discute a relação é porque não existe mais relação. A mulher está na ofensiva. Chego até a ficar um pouco com pena do homem. Aquilo não vai acabar bem.

Mesa três: sabe aquele casal que vai jantar fora sei lá por quê? Não falam entre si. Apenas com o garçom. Aliás, ela não fala nem com o garçom. Ele pergunta, ela diz para o marido e ele pede ao serviçal. Estão entre os 40 e 50 anos. Ela faz parte daquela geração — sabe-se lá o porquê — que não fala com garçom, conhece? Eles já devem ter discutido muito a relação anos atrás e chegaram à conclusão que a vida é assim mesmo, fazer o quê, vamos comer em silêncio.

Mesa quatro: um casal de velhinhos. Resolvidos, felizes. O casal mais feliz do lugar. Ela conta histórias longas, lentas e ele presta atenção, como se fosse a primeira vez que ela estivesse narrando aquilo. Ele alisa o braço dela, eles devem se amar há mais de cinquenta anos. Pelo jeitão, ela deve estar contando a última traquinagem de um neto. O velho é só sorrisos. Vida resolvida, nada a discutir.

Mesa um: o rapaz pede mais uma caipirinha. A moça me pareceu perguntar: mais uma? Mas ele confirma com o garçom.

Mesa dois: a mulher se levanta e vai — irritadíssima — para o banheiro. O marido, sozinho, bufa, pega o celular e disca rapidamente. No telefonema é só sorrisos. Uma outra mulher? E quem me garante que ela não está fazendo o mesmo lá do banheiro?

Mesa três: comem em silêncio.

Mesa quatro: os dois estão vendo um álbum de fotos. Pagaria a conta deles para ver as fotos. Olham, comentam, riem. Ela dá um beijinho na bochecha dele. Ele percebe que eu vi. Sorri meio envergonhado para mim. Eu faço um sinal de positivo para ele.

Mesa dois: ela volta. Ele já acabou o telefone. Ela empurra o prato. Ele chama o garçom, pede a conta.

Mesa um: o rapaz está falando muito alto. Vai perder a gata.

Mesa dois: antes de chegar a conta, ela se manda e entra no carro. É ela quem dirige. A grana deve ser dela. O marido vai até o balcão.

Mesa um: o cara tenta beijar a moça. Ela, educadamente, refuta.

Mesa três: ele pede a sobremesa para os dois. Ainda não se falaram.

Mesa um: começa a quebrar o pau. O pessoal da mesa três apenas observa.

Mesa quatro: os dois velhinhos estão abraçados. Chega uma champanha. Estoura. O velhinho mandar servir para mim e para as outras mesas. O rapaz da caipirinha gosta da ideia. O cara da mesa dois sai. Inesperadamente, depois do gole de champanha, o casal mudo se beija na boca.

O som do restaurante aumenta. Começa a chover.

Você venceu

Momentos antes de você ser gerado, nove meses antes de nascer, portanto, você tinha a companhia de três bilhões de espermatozoides ao seu lado. Não existe nenhuma regressão que faça com que você se lembre deste primeiríssimo momento da sua existência.

Imagine a cena. Três bilhões de criaturinhas correndo desesperadamente atrás de um único óvulo. E, se você tem uma certeza na vida, é esta: só você chegou lá. Ou seja, você é um vencedor(a). Não sei como foi que eu e você conseguimos esta proeza. Talvez tenhamos atropelado alguns concorrentes, dado cotoveladas em outros. O fato é que estamos aqui. Eu escrevendo e você lendo.

Numa corridinha mixa de 100 metros numa olimpíada o sujeito ganha louros, medalhas e dinheiro. E concorre com quantos? Dez, doze pessoas. Mas eu e você corremos contra 2.999.999 (o número pode não ser muito exato, mas é por aí). E chegamos. E o mais trágico: todos eles morreram. Todos. Enfim, nascemos matando metade da população atual do planeta.

Chego a algumas conclusões. A primeira, inapelável, é que nascemos com culpa, meio sem graça, chorando. E já levamos um tapa na bunda para deixarmos de ser metidos e assassinos. Sim, todo mundo ao seu redor, te olhando no berçário, e pensando: e os outros? E os outros?

Por outro lado, deveríamos todo dia abrir a janela, olhar o dia e sorrir, pensando: eu consegui! Eu sou demais! E deveríamos estar felizes com a nossa condição de vencedores. A primeira batalha, a primeira maratona, contra bilhões, a gente venceu. Não bastaria isto para sermos eternamente felizes? Agradecer diariamente a nossa ovular vitória?

Vi no Fantástico de domingo que o terrorista Bin Laden já matou — com seus atentados — perto de cinco mil pessoas. Já o Bush, com suas duas guerras, matou perto de 10.000. Quem é mais terrorista?

Talvez se o Bin Laden, quando o pai dele estava fazendo amor com a sua mãe (sim ele deve ter tido uma amada mãe), talvez se ele ficasse em segundo lugar, teríamos mais 4.000 pessoas vivas. E o Bush (com uma honrosa medalha de prata), teria deixado mais de 10 mil pessoas vivendo. Números pequenos, diante dos que eles deixaram para trás ao serem gerados e gelados.

Fiquei pensando nos espermatozoides que deixei para trás num dia qualquer de maio de 1945 (será que foi no dia D?). O que seria de cada um deles, se tivessem passado na minha frente? A única certeza é que teriam nascido no mesmo dia que eu. Poderia até ser uma mulher. Existe espermatozoida?

E, ainda abalado com os atentados na Espanha, penso nos espermatozoides. Já vencemos a nossa principal batalha, já deixamos para trás bilhões de futuros cidadãos. Por que queremos matar mais e mais e mais? Será que não basta ao homem ter vencido a sua principal corrida, a guerra do nascimento? Não deveríamos todos viver apenas para comemorar que conseguimos nascer, sãos e salvos, sem usar nenhum míssil, nenhuma granada? Ganhamos uma guerra jogando limpo. Apenas, sei lá como, fomos mais espertos e rápidos que os nossos outros companheiros de jornada, coitados (literalmente).

A que óvulo estas pessoas que matam inocentes querem atingir? Uma ogiva? Por que eles não matam a própria mãe que os gerou e deixam o resto do mundo em paz?

É, tem uns espermatozoides por aí que poderiam muito bem não ter chegado lá. Alguma coisa eles aprontaram lá dentro para chegarem na frente. Alguém foi subornado lá dentro. Pena que naquele tempo não tinha câmera para filmar as ações intrauterinas nem telefone grampeado.

Escatológica crônica bizarra

O que mais me encanta nesta última flor do Lácio, inculta e bela, a nossa língua portuguesa, é a capacidade do brasileiro de inventar palavras novas e expressões novas mais ainda. Ou, o que é mais incrível ainda, dar novos significados para centenárias palavras.

Me lembro bem quando surgiu a expressão "cair a ficha". É recente, minha filha. Ela surgiu depois do orelhão, é claro. Porque antes não havia ficha nenhuma para cair e a pessoa se ligar. E confesso que, a primeira vez que ouvi alguém me dizer que havia caído a ficha, demorou um pouco para cair a minha. Mas achei uma das melhores invenções do finado século. Mil e uma utilidades.

E agora a palavra da moda é bizarro. Ou bizarra. Tudo que acontece é bizarro. O time do Corinthians está bizarro, a festa foi bizarra e outras coisas são verdadeiras bizarrices.

Mas pelo o que eu ouço dizerem por aí, bizarro está quase sempre sendo usado no sentido de estranho, esquisito. Acho isso tudo, no mínimo, bizarro.

Segundo pesquisa rapidinha ao velhinho Houaiss, fiquei sabendo que a palavra bizarro é usada na nossa língua desde 1595. Mas os quatro séculos de bizarria não foram o bastante para que ela sobrevivesse ao modismo deste começo de terceiro milênio.

Veja você, bizarro leitor, o que nos ensina o dicionarista.

"Bizarro: que se destaca pela boa aparência ou expressão pessoal; bem-apessoado; que tem bom porte ou boa postura corporal; garboso; elegante nos gestos e nos trajes; que se faz notar pelo refinamento das maneiras ou pela pureza do caráter; primoroso no comportamento; gentil; dotado de magnanimidade; nobre, generoso, liberal; que demonstra seu valor pessoal em grandes feitos; dotado de valentia; brioso."

Claro que, lá no finalzinho, o Houaiss dá uma colher de chá para os novos modernistas: "que é esquisito, estranho, excêntrico".

Portanto, saibam todos que, se você for chamado de bizarro ou bizarra, tem logo que ir perguntando em que sentido. Não fique logo enfezado. Pode ser um elogio ou alguma coisa mais esquisita.

E, por falar em enfezado, você sabe muito bem que uma pessoa enfezada está irritada simplesmente porque está cheia de fezes. A origem é esta, me desculpe a escatologia. Já escatologia não é bem aquilo, não. Na verdade, segundo o mesmo dicionário, é "a doutrina das coisas que devem acontecer no fim dos tempos, no fim do mundo; doutrina que trata do destino final do homem e do mundo; pode apresentar-se em discurso profético ou em contexto apocalíptico".

Portanto, enfezado não é escatológico, não.

Mas, no fim do mundo, todos deveremos estar bem enfezados. Afinal, quer coisa mais bizarra do que o final do mundo? Quem viver, verá. Mas não se enfeze antes não porque vai demorar muito ainda. Muita coisa bizarra ainda vai acontecer com a nossa língua e com a nossa vida.

PS: e quer me irritar é só pronunciar iôga.

Da importância do diploma

Desde que os meus filhos se fizeram entender, coloquei na cabeça deles a importância de se ter um diploma no Brasil.

— Um homem sem diploma está perdido! Não é nada!

Eles foram crescendo e quando já poderiam entender a importância do diploma no Brasil, fui logo explicando.

— O diploma é importante, meu filho, porque se você for preso e tiver diploma, você não fica com os bandidos. Você fica numa sala especial, com geladeira, televisão e telefone, sozinho.

— Mesmo se for bandido?

— Mesmo se for bandido. Principalmente. Entendeu? Tendo um diploma — de qualquer coisa, de qualquer faculdade —, você tem privilégios. Quando você vê aquele bando de gente amassado dentro de uma cela de dois metros por dois metros, pode ter certeza que ali ninguém tem diploma. Quem mandou não estudar, não é mesmo? Se tivessem estudado, tirado seu d700inha, estariam numa boa.

— O Lalau tem diploma?

— Vários, meu filho. Vários.

— Mas em todo lugar do mundo é assim? É para isso que o diploma serve?

— Não, claro que não. Só no Brasil. Por isso que tem tanta faculdade sobrando por aí e ensinando porcaria. É para os caras serem presos com o mínimo de educação.

— Mas é só para isso que existe diploma no Brasil, pá?

— Claro que não. Serve de decoração também. Quanto maior, melhor fica na moldura e na parede. Se tiver aquela fitinha verde-e-amarela então é um luxo. Tem uns que têm um brasão bonito que só vendo. Tem gente que compra só para colocar na parede. Tem analfabeto que tem quatro, cinco diplomas.

Coleciona. Esses, se forem presos, vão ficar numa cobertura com vista para o mar.

Antes que alguém venha criticar minhas aulas aos meus filhos, vou logo avisando que o Antonio está quase terminando Ciências Sociais (estará apto à Presidência da República?), a Maria se forma no fim do ano em Moda e o Pedro estuda Arquitetura em Sevilha.

Quanto a mim, quase consegui um. Larguei a faculdade de Economia na USP no último ano. Fui aluno do Delfim Neto, com muito orgulho. Mas as letras me pescaram com mais força. Confesso que em certa época da minha vida temia a prisão e pensava que não tinha o bendito do diploma. Mas passou.

Agora, falando sério (se é que é possível falar sério sobre diploma), eu gostaria muito de saber em que governo inventaram esse negócio de preso com diploma superior (superior!!!) ter regalias. Quando conto isso para um estrangeiro, ele não acredita. Sim, na cabeça deles, significa que o Judiciário brasileiro considera que o analfabeto tem de sofrer até o dia da morte (provavelmente assassinado dentro da prisão) e o diplomado não deve ser tão bandido assim, tão ladrão assim, tão corrupto assim, tão mentiroso assim, tão mau assim. Afinal, o cara estudou tanto...

Minha mãe tem diploma de normalista, mas nunca usou, porque nunca foi presa e se casou com o meu pai, que tinha um de médico. Para tanto estudou uns 15 anos e trabalhou mais 40. Morreu no ano passado e o diploma dele está comigo. Nem sei bem por quê. Mas eu dizia que trabalhou 40 anos e, se eu contar a pensão que a minha mãe recebe hoje, você não vai acreditar.

Quem sabe um dia, um presidente sem diploma resolva olhar com mais carinho para todos os nossos aposentados com diploma que vivem quase na miséria...

Quem sabe?

Conto na conta

Nem ele se reconhecia: estava dando patadas em casa, na rua, no trabalho. O tal do estresse. Gritava, buzinava, vociferava. Com muito custo convenceram o cidadão que ele precisava de uma boa duma análise. Antes que matasse o mundo.

Contrariado, foi. Falou (ou melhor, gritou) durante os cinquenta minutos regulamentares. O médico disse:

— Você precisa fazer uns exercícios para relaxar. Por exemplo: aqui no prédio, no térreo, tem um piano-bar. Desça, vá ao balcão, peça um *dry martini*. Mas não vire de uma vez.

Aprenda a controlar a sua ansiedade. Olhe para a bebida, cheire, admire a azeitona — não vá comendo de cara — , dê um pequeno gole, ouça a música.

Contrariado, foi. Entrou, casa vazia, um velhinho tocava *Summertime* ao piano. Pediu o *dry martini*. Já ia virando de uma vez, ouviu a voz do médico. Levantou a taça, admirou o conteúdo. Começou a se sentir melhor. Aquela musiquinha ao fundo, o bar vazio. E não é que a coisa estava funcionando? Nisso, olhou para a direita e viu um macaquinho andando pelo balcão, vindo na sua direção. Tenho que me conter, pensou rápido. O macaquinho veio chegando, chegando, parou ao lado da taça, meteu a mão lá dentro, pegou a azeitona, olhou para a cara dele, deu uma risadinha, deu uma mordidinha na azeitona e jogou o caroço dentro da taça.

Tudo que o nosso herói queria era estrangular o macaquinho, quebrar o bar inteiro e pedir o dinheiro de volta ao médico. Mas ele tinha que se controlar, tinha que se controlar. Olhou em volta, só tinha o velhinho tocando piano. Foi até ele, com os dentes trincados e disse:

— Um – macaquinho – enfiou – a mão – dentro – do meu – *dry martini*.

O velhinho interrompeu o *Summertime*, colocou a mão em concha na orelha e disse: — Assovia o começo pra ver se eu me lembro da melodia...

O lugar

Todos nós temos o nosso lugar e sabemos onde ele fica.

Sempre, desde que nascemos. Quantas vezes já não te perguntaram: de onde você é? Você já sabe, é o lugar onde você nasceu. Foi (e será para sempre) o seu primeiro lugar. Você pode hoje estar morando a centenas de quilômetros daquele lugar. Mas ele está lá, o seu lugar.

Depois vem a mesa. Conversando outro dia com uma *hippie* lá do interior de Santa Catarina ela me chamou a atenção sobre os nossos lugares. Sim, porque *hippie* também ainda tem o seu lugar no mundo. Mas estávamos falando da mesa.

Da mesa de jantar. Aliás, não sei por que aquele lugar nunca foi chamado de mesa de almoço. É mesa de jantar.

Você se lembra de quando ainda morava com os seus pais? Cada um tinha o seu lugar na mesa, não é? Nunca saberemos como é que aquilo foi se definindo.

Outro dia, meu irmão José Maria, o caçula, estava recitando os nossos lugares na mesa em Lins. E éramos sete! Durante os 20 anos que passei em várias casas no interior, tudo mudava. Menos o lugar na mesa.

E a minha amiga *hippie* fazendo um comentário:

— Isso era uma burrice, porque você passou toda a sua infância e adolescência tendo a mesma visão. Olhando para a mesma parede.

É isso. Havia alguém que comia olhando para a janela. Sempre. Outro, de costas para a janela. E aquela irmã sempre à sua direita? Talvez, se houvesse um rodízio na hora das refeições (não de carnes) da família, ela permanecesse ainda mais unida. E com mais assunto. Você não precisaria pedir o pão sempre para a mesma pessoa. Você poderia ficar mais amigo do irmão caçula, agora passando uma temporada ao seu lado e não lá naquela ponta. E poderia, vez ou outra, admirar a mangueira repleta de frutas lá fora. Nada disso, você tinha o seu lugar, sabia disso e nunca passou pela sua cabeça que pudesse mudar a ordem das coisas, das cadeiras, da sua vida.

E, quando alguém se sentava no lugar do outro, éramos tomados por um ódio que vinha não sei de onde:

— Mãe, o Leonel está no meu lugar! Olha lá!

Bastava um olhar sério do pai e lá ia o Leonel, cabisbaixo, para o seu lugar.

— Parece que não sabe mais onde é o seu lugar, menino!

E na escola? Cada um tinha também o seu lugar. E, ali também, nunca soube quem definia aquilo. Era mais democrático. Nós mesmos escolhíamos. Tinha aqueles que gostavam de ficar lá na frente. Geralmente cdf. E a turma de trás, os bandidos, os que só iam à aula para azucrinar os professores. Eu sempre fui dos fundos. Lá era o meu lugar. Uma semana de aula e todo mundo já tinha o seu lugar. E aquilo durava o ano todo. Por quê? Jamais saberemos.

E foi na escola que começamos a entender que poderíamos ser "primeiro lugar". Por que lugar? Nunca fui o primeiro lugar, nem o segundo. Sempre tive um lugar intermediário, mas este lugar não tinha nem nome nem classificação. Também nunca fui o último lugar.

Nos esportes também a necessidade de obter o primeiro lugar. Na fila. Tinha uma expressão no meu tempo para designar o primeiro lugar na fila ou em qualquer sorteio: xiniqueiro. Ou seria chiniqueiro? Vou ver o Aurélio e já volto. Tempo perdido. Não tem. Nem no Houaiss. A palavra só tem lugar mesmo é na minha memória.

Já que estava com o dicionário na tela, copiei o que ele define como lugar.

Veja que loucura:

Espaço ocupado, sítio, data e lugar de nascimento, espaço próprio para determinado fim, ponto de observação, posição, posto, ambiente, povoação, localidade, região, país, situação (que faria você se estivesse em meu lugar?), classe, categoria, ordem (ponha-se no seu lugar, não suporto má-criação!), ocupação, emprego, função, cargo (temos de arranjar um lugar para ele: está desempregado), assento marcado e determinado (não dizia eu, lá em cima?).

A minha crônica, por exemplo, está sempre aqui neste lugar. E você, sempre a lê no mesmo lugar?

Que você, em 2002, ocupe o lugar que você quiser; em qualquer hora e em qualquer lugar!

DOMINGOS PELLEGRINI

Os náufragos
Para onde vão os vaga-lumes?
Sopa de macarrão
De pai para filho
As melhores coisas
Casal moderno

Os náufragos

Quando o navio afunda, o náufrago diz obrigado, navio, por nos ter trazido até aqui. O outro náufrago apenas maldiz o navio.

Estão de coletes salva-vidas mas sabem que isso não bastará, então juntam destroços, boias, caixotes, amarram como podem, formam uma jangada. Graças a Deus, diz o náufrago, o outro diz que, caso se salve, vai processar a agência de turismo e a companhia do navio.

A sede tortura, e o náufrago reza, o outro maldiz o Sol. Mas é graças ao Sol que veem algo rebrilhando nas ondas, remam com pedaços de tábuas até lá, é um saco de garrafas de plástico vazias. Já é alguma coisa, diz o náufrago. É só lixo, diz o outro.

Mas chove de madrugada e, colhendo chuva com o saco plástico para embicar nos gargalos, conseguem encher as garrafas.

No dia seguinte, o náufrago deita ao Sol e fecha os olhos sorrindo:

— Afinal, se estivesse no navio, estaria tomando Sol na piscina...

— Sem protetor solar dá câncer.

No fim do dia, o náufrago fica olhando o horizonte:

— Que poente magnífico!

— Que fome, isto sim.

No dia seguinte, o náufrago faz uma linha emendando cordões, entorta um arame como anzol, o outro ri amargo:

— E vai usar o que de isca? Um dedo ou a orelha?

O náufrago usa de isca um pedaço de plástico colorido, depois a fivela do cinto, e no fim do dia o outro ri novamente:

— Não te falei? Vamos morrer de fome...

— Mas me diverti pescando...

À noite uma baleia emerge ao lado da jangada, o náufrago dá boa-noite, o outro sussurra:

— Cale a boca! Ela pode nos matar!

— E por que esse bichão ia querer nos matar? Só está curiosa!

A baleia pisca e mergulha.

— Estou feliz. Nunca pensei que pudesse ver uma baleia assim de perto...

— Você é louco!

No meio do dia, uma ave pousa na ponta da jangada. O náufrago fala que bonito, o outro joga um sapato mas não acerta, a ave voa, sobrevoa a jangada antes de partir para o horizonte, o náufrago acena.

— Que bela ave.

— Maldita fome.

— Mas o dia nublou, está fresco, e que brisa boa!

— Deve vir tempestade.

Mas a tempestade traz mais água de chuva, voltam a encher as garrafas. Depois a noite continua fresca e, amanhecendo, peixes voadores passam pulando ao lado da jangada. O náufrago tenta pegar mas, quando consegue tocar ou mesmo pegar algum, o peixe escorrega liso de volta à água. O outro náufrago continua tentando, amaldiçoando os peixes e o mar, até cair na água. Debate-se para voltar à jangada, e então um tubarão passa a rondar.

— Que aventura — diz o náufrago.

O outro agora reza tremendo e suando, mas o tubarão se vai.

Três dias depois, tomam os últimos goles da última garrafa:

— Uma semana e não passamos sede!

— Mas agora vamos morrer de sede!

— Mas cada poente, hem? E as auroras então! E o céu estrelado!!

— Você é louco.

À noite o náufrago dorme de roncar, o outro fica insone maldizendo as estrelas. Extenuado, acaba dormindo de dia, mas o náufrago admira nuvens e vê quando surge um navio no horizonte. Agita um pano, o navio vê, são recolhidos.

Jantam com o capitão do navio.

— Me sinto renascido — diz o náufrago.

— Eu pensei que fosse morrer — diz o outro.

— Eu nem tive tempo de pensar nisso — o náufrago ri. — E também de que adiantaria? Tratei de curtir minha primeira viagem de jangada!

Para onde vão os vaga-lumes?

— Vô, para onde vão os vaga-lumes?

— Boa pergunta, hein?

— Então responde, vô: eles ficam aí piscando quando anoitece, depois desaparecem. Vão pra onde?

— E como é que eu vou saber? Se eles falassem, eu pegava um e perguntava, mas...

— É que você sabe tanta coisa, né, vô... Pensei que soubesse pra onde vão os vaga-lumes e por que bem-te-vi canta triste.

— Bem-te-vi canta triste, você acha? Se é verdade, também não sei por quê.

— Então você também não deve saber por que minhoca não tem cabelo, né?

— Isso dá pra presumir, né: como vive debaixo da terra, cabelo pra quê? Cabelo é pra proteger do Sol.

— Então você tá bem desprotegido, né? Por falar nisso, vô, por que mulher não fica careca?

— Pela mesma razão por que homem não tem seios. Satisfeito?

— Mais ou menos... Mas acho que, se você não sabe pra onde vão os pirilampos, pelo menos deve saber por que cai estrela cadente. É por cansaço?

— Mas que que deu em você pra fazer tanta pergunta assim?!

— É que a mãe falou que você é uma fonte de sabedoria, vô, e que tudo que eu quiser saber é pra perguntar pra você...

— Ela falou isso? Sua mãe às vezes me surpreende...

— Então por que cai estrela cadente? E por que falam que o Sol sai quando amanhece? Onde é que ele entrou pra sair?

— Peraí, calma! Uma de cada vez! Primeiro, estrela cadente cai porque perdeu a órbita, sabe o que é órbita? É viver rodando em volta, que nem você vive em volta de mim. A Terra vive rodando em volta do Sol, então não sai nem entra, está sempre onde está, a Terra é que gira e então...

— Isso já aprendi na escola, vô. O que eu quero mesmo perguntar é: qual seria a hora de a chuva cair quando dizem que caiu fora de hora?

— Espertinho, hein? Pois a chuva cai fora de hora pra uns, pra outros não, de modo que ela cai é quando quer e pronto. Próxima pergunta. Pode vir quente que eu tô fervendo.

— A mãe diz que vive com fome porque tá fazendo regime. E a tevê todo dia fala que tem muito país passando fome. País que tá passando fome também tá fazendo regime? E aí vai emagrecer no mapa?

— Muito engraçado. Pergunta boba não respondo.

— Quando você fica chateado, você suspira, vô, sai um ventinho do nariz. O vento é o suspiro do mundo?

— Exatamente. O vento é o suspiro do mundo.

— E o luar é luz de outro mundo, não é?

— Perfeitamente. O luar é... Quem te falou isso?

— Eu pensei, vô. Também pensei que enchente é choro do céu, não é? O céu cansa de ver tanta coisa triste na Terra, aí chora bastante e...

— Claro! E desse jeito, logo você não vai precisar perguntar mais nada, está vendo tudo direitinho.

— Pois é, vô, eu vejo por exemplo que todo mundo que chamam de louco, na verdade vive muito feliz. Não é melhor então ser louco?

— Preciso pensar. Já não chega de pergunta por hoje?

— Só mais uma, vô. Dizem que Deus vê tudo e que Deus fez tudo, Deus pode tudo. E tem tanta fome, tanta desgraça, tanta miséria, não é mesmo? Então: se Deus vê tudo e pode tudo, por que não faz nada?

— Ah, é porque... Veja bem... Deus...

— Não enrola, vô!

— E eu tenho de saber tudo?! Não sou Deus! Vai brincar, vai!

— Eu tô brincando, vô, com você...

Sopa de macarrão

O filho olha emburrado o prato vazio, o pai pergunta se não está com fome.

— Com fome eu tô, não tô é com vontade de comer comida de velho.

Lá da cozinha a mãe diz que decretou — Decre-tei! — que ou ele come legumes e verduras, ou vai passar fome.

— Não quero filho meu engordando agora para ter problemas de saúde depois. Só quer batata frita e carne, carne e batata frita!

Ela vem com a travessa de bifes, o pai tira um, ela senta e tira outro, o filho continua com o prato vazio.

— Nos Estados Unidos — continua ela — um jornalista passou um mês só comendo a tal *fast--food*, engordou mais de seis quilos!

— E como é que ele aguentou um mês comendo isso?! — pergunta o pai, o filho responde:

— Porque é gostoso! — E pega com nojo uma folhinha de alface, põe no prato e fica olhando como se fosse um bicho.

A mãe diz que é preciso ao menos experimentar para saber o que é ou não gostoso, e o pai diz que, quando era da idade dele, comia cenoura crua, pepino, manga verde com sal, comia até milho verde cru.

— E devorava o cozido de legumes da sua avó! E essa alface? Pra comer, é preciso botar na boca...

O filho enfia a alface na boca, mastiga fazendo careta, pega um bife, a mãe pula na cadeira, pega o bife de volta:

— Não-senhor! Só com salada pra valer, arroz, feijão, tudo!

Ele continua olhando o prato vazio, até que resmunga:

— Se vocês sempre comeram tão bem, como é que acabaram barrigudos assim?

O pai diz que isso é da idade, o importante é ter saúde.

— E você, se continuar comendo só fritura, carne, doce e refrigerante, na nossa idade vai pesar mais de cem quilos!

— No Japão — resmunga ele — podia ser lutador de sumô e ganhar uma nota.

— E no Natal — cantarola a mãe — vai ser Papai Noel, né? E Rei Momo no carnaval...

— Não tripudie — diz o pai. Ele ainda vai comer de tudo. Quando eu era menino, detestava sopa. Aí um dia minha mãe fez sopa com macarrão de letrinhas, passei a gostar de sopa!

O filho pergunta o que é macarrão de letrinhas, o pai explica. Ele põe na boca uma rodela de tomate, o pai e a mãe trocam um vitorioso olhar. O pai faz voz doce:

— Está descobrindo que salada é gostoso, não está?

— Não, peguei tomate pra tirar da boca o gosto nojento de alface, mas acabo de descobrir que tomate também é nojento.

— Mas *catchup* você come, não é? Pois é feito de tomate!

— E ele também não come ovo — emenda a mãe — mas come maionese, que é feita de ovo!

O filho continua olhando o prato vazio.

— Coma ao menos feijão com arroz — diz o pai.

Ele pega uma colher de feijão, outra de arroz, dizendo que viu um filme onde num campo de concentração só comiam assim pouquinho, só o suficiente pra sobreviver... Mastiga tristemente, até que o pai lhe bota o bife no prato de novo, mas a mãe retira novamente:

— Ou salada ou nada! Sem chantagem sentimental!

O pai come dolorosamente, a mãe come furiosamente, o filho olha o prato tristemente. Depois a mãe retira a comida, ele continua olhando a mesa vazia. Na cozinha, o pai sussurra para ela:

— Mas ele comeu duas folhas de alface, não pode comer dois pedaços de bife?!...

Ela diz que de jeito nenhum, desta vez é pra valer; então o pai vai ler o jornal mas, de passagem pelo filho, pergunta se ele não quer um sanduíche de bife — com salada, claro. Não, diz o filho, só quer saber uma coisa da tal sopa de letras. O pai se anima:

— Pergunte, pergunte!

— Você podia escrever o que quisesse com as letras no prato?

— Claro! Por que, o que você quer escrever?

— Hambúrguer, maionese e *catchup*.

É teimoso que nem o pai, diz a mãe. Teimoso é quem teima comigo, diz o pai. O filho vai para o quarto, só sai na hora da janta: sopa de macarrão. Então vai escrevendo e engolindo as palavras: **escravidão, carrascos, nojo**, e enfim escreve **amor**, o pai e a mãe lacrimejam, mas ele explica:

— Ainda não acabei, tá faltando letra pra escrever: **amo r**osbife com batata frita...

De pai para filho

— Pai, por que a gente existe?

— Pra melhorar. Aliás, perguntaram ao Dalai Lama qual a melhor religião, ele respondeu que a melhor religião é toda religião que te melhora.

— Isso porque você é otimista, né, pai. Mas um amigo meu, que é pessimista, diz que toda religião é enganação e que a existência não tem finalidade nem sentido.

— Então não é teu amigo.

— Ele diz que gente não melhora, não, pai, tanto que, por exemplo, sempre existiu e sempre vai existir guerra...

— ...enquanto existir gente que pensa como teu amigo. Mas Nelson Mandela foi preso porque pregava a luta armada e até o terrorismo contra o racismo, e saiu da prisão, quase trinta anos depois, falando em perdão e convivência, e com isso acabou com a guerra civil na África do Sul.

— Meu amigo também diz que sempre vai existir corrupção, e que o ser humano é corrupto por natureza.

— Também é o único ser, neste planeta, que cuida dos feridos, e também o único que faz arte, cultiva a beleza e pratica a solidariedade.

— Mas meu amigo diz que essa história de responsabilidade social das empresas, por exemplo, é só disfarce pra ganhar simpatia do público e continuar tendo o máximo lucro possível.

— Só que as empresas solidárias sobrevivem, e as outras, mesmo com muito lucro, morrem. Solidariedade não é tática, filho, é espírito, e o espírito sempre vence. Na Segunda Guerra, os nazistas conquistaram vários países, até a França, e aí, entre eles e a Inglaterra, havia apenas o Canal da Mancha e a aviação da Inglaterra, com muito menos aviões e armas. Mas os pilotos ingleses foram para o céu com espírito de luta e sacrifício, não com espírito de conquista como os nazistas, e muitos morreram mas causaram tanto estrago que Hitler adiou a invasão para sempre.

— E no fim a vitória foi das democracias, mas meu amigo diz que a democracia é só disfarce para a ditadura do capital, os ricos mandando no governo e na Justiça.

— Não enquanto houver gente que acredita na justiça e luta por ela. Aqui no Brasil um advogado católico, Sobral Pinto, defendeu o líder comunista Luiz Carlos Prestes, usando para isso os direitos dos animais, pois até isso negavam ao prisioneiro, e ele acabou solto. E agora mesmo tem gente lutando no Brasil para melhorar a Justiça, para ser menos lenta e para os promotores continuarem a investigar corrupção.

— Mas meu amigo diz que não adianta lutar porque os corruptos ganham sempre.

— Já eu vejo que perdem sempre. Começam perdendo respeito, depois perdem o sono, perdem a saúde, perdem o poder, tudo porque começaram perdendo a alma. Corrupção é, antes de tudo, carência de inteligência.

— Mas meu amigo diz que não tem jeito porque cai um corrupto, cresce outro que estava na sombra daquele.

— Os homens honestos, ao contrário, não se reproduzem nas sombras, mas na claridade, através dos bons exemplos. Você não vê que o povo mais pobre é quem mais paga as contas em dia?

— Não será por bobeira, pai?

— É por crença, filho. Acreditam em ser bons, fazer o certo e viver bem consigo e com os outros. Mas você não tinha hora no dentista? Então vai pensando que, na Idade Média, gente enlouquecia de dor de dente, e mesmo os ricos não podiam pagar um dentista porque nem existia dentista. Hoje, temos serviço odontológico de graça pela saúde pública. Alguma coisa melhorou, não?

— Pai, você devia dar aulas no meu colégio.

— Aula do quê?

— De esperança.

As melhores coisas

Confira se as melhores coisas não são baratas ou grátis:

— Café coado em coador de pano, cheiroso, adoçado com açúcar mascavo e mel, enquanto o Sol levanta na janela.

— Sanduíche de mortadela cortada fininha e pão fresquinho e crocante, com guaraná.

— Caminhada no final de tarde com belo poente, seguida de banho de chuveiro com aquela velha toalha.

— Cheiro de florada de repente.

— Apreciar a tempestade se formando, desabando, ventando, serenando, acabando, o céu abrindo de novo.

— Suspirar aliviado depois de grandes problemas que chegaram e como tempestades também se foram.

— Chegar em casa com tudo resolvido num dia cheio, aí sentar na cama e tirar os pés suados dos sapatos, e tirar as meias dos pés, e andar descalço pela casa.

— Ligar a televisão e ver que está começando um bom filme.

— Cochilar no sofá e acordar com a pessoa amada te olhando com amor.

— Levantar cedo e trabalhar com gosto e vontade, esquecendo de tudo, até a hora do almoço; aí almoçar com a fome boa que o trabalho dá.

— Encontrar cheio de moedas aquele moedeiro há tempo dado por perdido.

— Tomar um copo de água com muita sede e bastante calma, sentindo como a água não tem gosto nem cor nem cheiro e, por isso mesmo, é inconfundivelmente e maravilhosamente água!

— Ver abrir a primeira flor da planta que você plantou e já tinha até esquecido.

— Andar sem pressa pela chuva, igual cachorro de rua.

— Abrir a porta depois que toca a campainha e dar de cara com um velho amigo.

— Receber uma carta carinhosa e alegre num dia frio e nublado.

— Estar no ponto de ônibus e um conhecido parar oferecendo carona.

— O olhar de afeto e gratidão de um filho.

— O olhar de admiração dos colegas de trabalho.

— Sentir uma dor de repente, e depois sentir que ela se vai como veio.

— Esvaziar gavetas se enchendo de emoções diante de velhos papéis.

— Deitar queijo ou passar manteiga em pão quente.

— Dormir com chuva no telhado, acordar com céu azul.

— Verificar como você mudou revendo fotos antigas.

— Jogar de longe a bolota de papel no cesto de lixo, e acertar.

— O silêncio emocionado.

— O barulho de crianças alegres.

— Canto de passarinho.

— Gente cantando no trabalho.

— Cantar no chuveiro.

— Esquecer as preocupações depois de lembrar que se preocupar não adianta nem resolve.

— Receber elogio por trabalho benfeito.

— Elogiar trabalho benfeito.

— Receber e dar um presente inesperado.

— Olhar com atenção as pequenas coisas.

— Apreciar o nascente ou o poente.

— Tomar chá em silêncio e em paz.

— Achar logo uma vaga no estacionamento cheio.

— Sorrisos e carinhos.

— Frutas e flores.

— A frescura da brisa na pele suada.

— Amar e sentir-se amado.

— Fazer o bem e sentir-se bem.

— Desejar o bem, mesmo a quem te faz mal, e sentir-se melhor.

— Perdoar, esquecer e renascer.

Casal moderno

— Querida, você viu meus brincos?

— Estavam perto do meu talão de cheques, querido.

— Mas você continua deixando seu talão de cheques em qualquer lugar! Espero que lá na sua empresa você não faça isso!

— Ah, meu bem, na minha empresa só tem gente honesta, né.

— Vá confiando...

— Mulher tem intuição poderosa pra isso, meu amor!

— Mas a tentação faz o ladrão...

— Isso, num mundo masculino, né, de tentações e traições. O mundo feminino, meu amor, é de fidelidade e lealdade. Bem, estou indo.

Depois de lavar a louça, não esqueça de aguar as plantas, tá?

— Claro. Depois vou levar nosso filho ao médico.

— Que que ele tem?!

— Tá com umas coceiras esquisitas, estão até inflamando, deve ser alergia.

— Mas como eu não vi isso?!

— Você estava ocupada com aqueles relatórios que trouxe pra casa.

— É verdade, tenho de resolver aquilo hoje. Por falar em resolver, você já teve alguma notícia de emprego?

— Nada, e olha que já deixei currículo em dezenas de empresas.

— É assim mesmo, amor, não desanima.

— Não, estou até gostando. Ontem aprendi mais uma receita, pavê de abacaxi.

— Que chique, está virando um homem prendado.

— Mas com as mãos descascando, por que será?

— Detergente ruim, meu amor. Compre só detergente com glicerina. Às vezes fico pensando se você não devia trabalhar na minha empresa, a gente pagava uma babá pra ficar em casa com o nenê e...

— Nem pensar, já falei tantas vezes! Não vou ser o marido da chefe! Posso não achar trabalho, mas não perco a dignidade!

— Tá certo, amor. Você fica lindo com esses brincos novos. Mas os cabelos estão muito quebradiços nas pontas, precisa fazer uma hidratação.

— Hidratação não é pra pele?

— Pros cabelos também, meu amor. Ah, por falar em hidratar, o arroz ficou empapado por excesso de água, são duas medidas de água para uma de arroz, é tão simples!

— Ou seja, eu sou uma besta, não é? Não consigo nem fazer uma coisa tão simples!

— Ah, não fique assim. Quer que te traga alguma coisa?

— Não, só não chegue muito tarde.

— É que às vezes tenho de atender clientes fora do horário, amor, reuniões de última hora...

— E eu queria saber pra que tanta reunião...

— Trabalho, amor, trabalho, pra botar dinheiro em casa e comida na despensa!

— Que despensa?!

— É modo de dizer, meu bem, como meu pai falava a minha mãe. Comida na geladeira, pronto.

— Então traga ovos, que acabaram. E legumes.

— Ah, compre no mercadinho da esquina, amor, hoje realmente não vou ter tempo!

— Então deixa dinheiro.

— Já acabou o que deixei anteontem?!

— Quer prestação de contas?

— Não, mas... Toma. É muita despesa manter uma casa, meu Deus! Lembro de meu pai sempre falando isso!

— Pois é, mas se eu ganhasse por cada fralda que já lavei, cada cocô que limpo da bunda do nenê, você estaria me devendo dinheiro...

— Ah, não fala assim, parece mulher antiga!

— Eu sou homem, esqueceu? Seu homem. Seu marido. Que vai estar aqui pra esquentar a comida quando você chegar. Quando você não chega jantada e com bafo de bebida, né...

— Meu bem, em encontros de negócios sempre rola bebida, não posso proibir!

— Não vou falar nada, não boto dinheiro em casa, né, tenho de ouvir quieto...

— Você está fazendo papel de mártir!

— Não posso fingir que gosto de cozinhar com o maior carinho e ver a comida ir pro cachorro.

— Prometo que não vou comer mesmo se tiver de beber.

— Você fala como se fosse um sacrifício.

— E é um sacrifício ficar longe de você, meu amor.

— Eu finjo que acredito, vai, vai!

— Vou mesmo, que já cansei dessa conversa de mártir! Ei, que é que você está fazendo?!

— Joguei meus brincos na privada e agora vou dar descarga.

— Por quê?!

— Para me sentir mais homem e começar a reagir! Vou sair procurando emprego, nem que tenha de levar nosso filho no colo!

— Então boa sorte, amor. Mas veja se tem creche, tá?

WALCYR CARRASCO

Aprendiz de cozinheiro
Véu, grinalda e facadas
A vida pelo telefone
Chique no último!
Os pequenos malabaristas
Diários na web

Aprendiz de cozinheiro

Minha primeira experiência culinária aconteceu por volta dos sete anos. Mamãe tinha saído. Cortei duas bananas em pedacinhos, cobri com chocolate em pó e açúcar. Exibi orgulhosíssimo à noite, pouco antes do jantar. Papai experimentou fazendo caretas enquando o pó do chocolate caía sobre seu queixo. A receita tinha uma aparência espantosa. Recebi uma ordem.

— Não faça mais bagunça na cozinha!

Nada estimulante para um futuro *gourmet*! Devo reconhecer que minha primeira tentativa deixou o piso coberto de açúcar e meus cabelos marrons de chocolate. Consegui me conter por algum tempo. A tentativa seguinte foi excêntrica:

cocadas azul-marinho, tingidas com anilina. Oferecia com ar misterioso.

— Adivinhe o que é!

A visita pegava apavorada. Olhava em torno, à procura de algum lugar para fugir. Mordia. Vinha um sorriso aliviado.

— Ah, é cocada!

Eu me divertia. Mais com o susto do que com a cocada.

Alguns anos depois eu me dediquei às omeletes. O momento de virá-las sempre era trágico. Frequentemente despedaçavam. Nesse caso mudava o cardápio para ovos mexidos. Durante a faculdade, comia quase todo dia. Ou fritava dois ovos bem moles e misturava com arroz. Ah, que delícia! Os médicos americanos ainda não haviam descoberto todos os malefícios da gema de ovo, e eu podia desfrutar à vontade!

Foram os ovos fritos que me fizeram descobrir a mudança dos tempos. Na minha infância, a culinária era atividade quase exclusivamente feminina. Aos domingos, as mulheres se esfalfavam na cozinha, enquanto os homens bebiam cerveja. Elas botavam a mesa e eles comiam, muitas vezes reclamando do sal, do tempero, do ponto da carne. Depois, é claro, elas lavavam a louça enquanto os marmanjos descansavam. Quando, exaustas, terminavam de enxugar a montanha de pratos, sempre havia alguém para perguntar.

— O que vai ter de jantar?

Já morando sozinho, recebi a visita de meu pai. Eu estava gripadíssimo. Ele pegou a frigideira e fritou ovos. Papai, que nunca se aproximara de uma panela enquanto eu era criança! Surpreso, descobri:

— O mundo está mudando!

Talvez um dos maiores sinais das mudanças de comportamento das últimas décadas seja justamente esse. O homem entrou na cozinha para ficar. Nas minhas primeiras incursões, sofri. Pegava uma cebola e espetava a faca como se estivesse cometendo um assassinato. Comprei livros de culinária. O problema é que nem sempre os livros ensinam tudo. Morria de desespero quando via a frase "sal a gosto". Aconselham a nunca experimentar uma receita nova quando vem visita. Como saber se é boa, sem uma cobaia? Há ocasiões em que a hipocrisia dos amigos é até vantagem. Ainda me lembro de quando testei a sopa de conhaque com pimenta, receita chilena.

— Aceita mais um pouco?

— Nãããão oooooooo... gemeu meu convidado com o suor caindo pela testa e a voz igual a uma lixa. — Massss... estááááá... uma delíííííííícia!

Escalei montanhas de queijo parmesão, nadei em rios de caldo de galinha, chafurdei na maionese. Cheguei a lixar bolo para arrancar a parte queimada e depois disfarcei cobrindo com *chantilly*. Mas gosto de cozinhar. Relaxo, fico mais criativo! E como é bom sentar em torno de uma mesa, oferecer um prato, bater papo!

Outro dia, meu sobrinho resolveu fazer macarrão instantâneo com molho de pimenta. Na primeira garfada, parecia um dragão com o fogo saindo pela boca. Enquanto ele gargarejava, aconselhei, otimista.

— Insista! Um dia vai dar certo!

Na culinária e na vida, o bom cozinheiro é sempre um aprendiz!

Véu, grinalda e facadas
A hipocrisia das listas de casamento

Recebo um convite de casamento. Anexado a ele, o nome da loja onde se encontra a lista de presentes. Suspiro fundo. Noivos não andam brincando. Escolhem endereços bem sofisticados. Como agora. Ao entrar, ouço o tilintar dos cristais, percebo o fulgir das pratarias. "Estou perdido", reflito. A vendedora me atende, solícita, e fornece o rol de preciosidades eleito pelo casal. Quase desmaio.

— Vou ficar com o cinzeiro ou o saca-rolhas — gemo.

— Já foram. Hoje em dia, os convidados correm mais do que atletas olímpicos para ficar com os itens mais baratos. Você chegou tarde.

Perscruto, à espera de uma saída. A vendedora sibila:

— Ela gostou muito desta baixela de prata.

Tento convencer a garota:

— Você não pode fingir que errou ao marcar a lista e eu levo o cinzeiro?

Ela me encara como se eu fosse um facínora. Digo que vou pensar e fujo. Começa minha peregrinação. Satisfazer a ambição de noivos anda difícil. Já vi lista de casamento com tapete persa incluso. O pior é ser convidado para padrinho. Houve época em que era pura alegria, quase uma forma de parentesco. Agora, a escolha parece fazer parte de um projeto financeiro. Soube de casamentos com oito casais de padrinhos no altar. Com tantos casamentos programados para o fim do ano, um amigo, ao ser indicado, optou pela atitude direta:

— Aceito, sim. Mas aviso: não vão esperando presente bom!

Até funciona, embora seja um constrangimento só. A noiva dá um sorriso amarelíssimo e garante com voz de taquara rachada:

— Nem pensei em presente!

Ah, de quantas falsidades é composto o nosso dia a dia! Todo casal pensa no butim do matrimônio! No caso em questão, sou um convidado comum. Observo um detalhe: no convite, explica-se que os noivos se despedem na igreja.

— Devo morrer com a baixela e não levo nem um uísque? — revolto-me.

É outra falsidade, naturalmente. Não há casamento sem um mínimo de comemoração. O item "despedida na igreja" significa, simplesmente, que fui dispensado do melhor de tudo. Mais tarde, uma tia da moça confessa:

— Faremos só uma coisinha para a família e uns amigos. Não dava para convidar todo mundo. Por favor, não diga que eu contei.

Revolto-me novamente. Convidar, não dá. Pedir presente, pode? Então não enviassem o endereço da loja. Devo silenciar, para não dedar a tia de língua solta. "Mas eu sou considerado um sujeito criativo. Acho que posso escolher um presente por mim mesmo", concluo.

Liberdade de escolha é o oposto do desejado pelos noivos, eu sei. Não penso mais no prazer de oferecer algo inesquecível. Mas em sair dessa sem fazer feio. Como, aliás, acabam fazendo todos os convidados. Vou a uma loja de departamentos. Passeio diante dos itens. Flores plásticas? Certamente, vão odiar. Se eu comprar as mais pavorosas, acabarão agradecendo-me, e depois as jogam no lixo. Seria ótimo, se eu tivesse coragem. Um conjunto de chá? Sempre é útil. Passo por um faqueiro, e quase fico com a batedeira. Acabo numa floricultura, onde encontro um vasinho de trevos de quatro folhas. Nada melhor para sair de uma saia justa.

Envio o vasinho, torcendo para não recebê-lo de volta na minha cabeça. Quando comentarem, direi ter sido movido pela intuição.

Para que sejam muito felizes — afirmarei com voz úmida.

Pelo que conheço dos dois, estarão divorciados em pouco tempo. Vivem brigando! Na igreja, entro na fila de cumprimentos. Descubro que um dos padrinhos, eleito com precisão, ofereceu uma viagem ao Caribe. É um americano, sócio do pai do noivo. Falam nele com veneração. Não teve chance de se livrar, o coitado.

Ninguém comenta meu vasinho. Como conheço a natureza humana, suponho que por trás me chamam de pão-duro, no mínimo. Dias depois, cruzo com o pai da noiva numa rua dos Jardins. O homem sua:

— Não aguento mais trocar presentes. Foram dezesseis jogos de chá e dezoito batedeiras! Enquanto eles se divertem no Caribe, eu faço a peregrinação nas lojas.

— Mas e a lista de presentes?

— Depois dos mais baratos, ninguém comprou. Eles foram com muita sede ao pote, só escolheram objetos caríssimos.

Na volta da lua de mel, visito os recém-casados. Meus trevos ocupam lugar de destaque no centro da mesa da sala. A jovem esposa sorri, delicadíssima:

— Só ganhamos porcarias. Se tivesse casado pelos presentes, já estaria arrependida. Adorei mesmo seu vasinho. Supercriativo.

Sorrio. A plantinha está enfiada no meio de uma porção de objetos, como se colocada às pressas. Ou seja, um instante antes de eu chegar. As pequenas hipocrisias do cotidiano tornam os sorrisos mais sinceros.

A *vida pelo telefone*

Durante meses, eu e um amigo nos falamos por telefone. Sempre reclamávamos da escassez de encontros pessoais.

— Precisamos nos ver! — ele dizia.

— Vou arrumar um tempinho! — eu prometia.

Posso ser antiquado, mas acredito que nada substitui o olho no olho. A expressão, o jeito de falar, a gargalhada espontânea, tudo isso dá nova dimensão ao relacionamento. Cumpri minha promessa e fui a seu apartamento. Nos primeiros dez minutos, falamos da vida como não fazíamos há bastante tempo. Em seguida, tocou o telefone.

— Um momento.

Iniciou uma longa discussão sobre quem compraria os ingressos para um espetáculo. Já estava desligando quando se ouviu o celular. Pediu licença no telefone e atendeu. Era alguém discutindo um problema profissional. Depois de duas respostas, meu amigo disse que, como o assunto era complicado, ia terminar um telefonema e ligaria em seguida. Falou rapidamente com a primeira pessoa, desligou e voltou ao celular. Foi a vez do bip, que tocou insistentemente. Pediu desculpas, foi ver a mensagem. Recado urgente para chamar determinada pessoa. Novamente, trocou mais algumas frases no celular. Desligou. Pediu-me novas desculpas. Ligou para quem o havia bipado. Mais questões de trabalho. Quando anotava alguns detalhes, a linha, digital, anunciou que mais alguém estava querendo ligar. Pediu licença e atendeu a outra linha. Olhou para mim e murmurou desculpas. Combinou rapidamente os detalhes de uma festa surpresa no fim de semana e voltou à outra linha. Tinha caído. Botou o telefone no gancho.

— Bem, nós estávamos falando da...

Novo toque. Atendeu rapidamente, mas era engano. Botou no gancho. Trimm...

— Ah, sim... a linha caiu, e depois alguém chamou. Essa tecnologia... e blá, blá, blablá!

Saquei meu celular. Sorri. Abri a agenda. Liguei para outro amigo com quem não falava há tempos. Fomos nos atualizando.

— E a pós-graduação... ah... terminou a tese de mestrado? Puxa, quanto tempo faz que a gente não conversa?

Aproveitei para falar com uma conhecida.

— O Henrique vai bem? Separaram? Já casou com outra. Sei... desculpe. Tudo bem, não, não tem importância, mas eu não devia ter perguntado. De qualquer maneira, tenho certeza de que vocês continuam ótimos amigos. Não? Ele está processando você? Ordem de despejo? Puxa... eu...

Desligo. O dono da casa sumiu. Foi fazer um café, com o sem fio acoplado na orelha. Volta o celular. Ele tenta botar o pó no coador, com um aparelho em cada orelha, e falando nos dois ao mesmo tempo.

— Não, querida, eu tentei ligar para saber se você queria ir no espetáculo com a gente! Mas só deu ocupado... o quê? Não senhor, não estou falando com o senhor, chefe, puxa vida... claro que o senhor levou um susto... eu falando assim, querida... ha, ha, ha... pois é, meu amor... meu amor é ela, chefe... eu quero que você vá sim, no *show*... eu dou um jeito... sim, dou um jeito de terminar o relatório até segunda, chefe... ah, o senhor também quer ir no *show*? Bem, eu posso ver se consigo mais entradas e... ah, certo... meu bem, não fica nervosa, não vou trabalhar no fim de semana, é só um relatório, mas é claro, chefe, vou fazer o relatório o melhor que puder... oh, meu Deus!

Corri ajudar com o café, enquanto ele tentava salvar o emprego e a namorada ao mesmo tempo. Quase engoliu o celular. Quando terminou, sentou-se exausto. Nesse segundo, alguém ligou e ele lamentou-se longamente:

— Imagine que ela me pressionou justamente quando eu estava falando com meu chefe no telefone, e ele ouviu tudo e pelo jeito que respondeu, eu...

Olhei meu talão de cheques e disquei para verificar o saldo. Quando terminava, ele sentou-se na minha frente, pálido, mas calmo, com a bandeja e xícaras. Em dois rápidos chamados, havia se justificado com ela e se desculpado com ele. Mal pôde perguntar se eu queria açúcar ou adoçante. Entrou um fax.

— Deixa eu ver o que é, pode ser importante.

Terminou de ler e alguém ligou para saber se tinha recebido. Em seguida, ligou para confirmar alguma coisa que fora escrita na mensagem. Não pôde terminar porque o celular gritou novamente. Meu estômago roncou de fome. Levantei-me. Ele fez sinal para que eu me sentasse.

— Já estou terminando. Só preciso mandar um bip.

Observei o relógio demoradamente. Aproveitei o intervalo entre o bip e um novo telefonema para dizer, bem depressa:

— Preciso ir. Depois eu ligo.

Sorriu, satisfeito.

— Então me chama depois. Mas não esquece, hein?

— Mando um *e-mail* e você me responde. Assim o papo fica melhor.

Gostou da ideia, sem perceber a ironia. Pediu mais um minutinho no telefone, dizendo que ia me levar até à porta e já voltava. Comentou, já tranquilo.

— Nossa, como a gente tem coisas pra falar. Você ficou mais de duas horas aqui e nem botamos tudo em dia.

Repuxei os lábios, educadamente. Certas pessoas estão grudadas aos telefones, celulares, bips e *e-mails*. Inventou-se de tudo para facilitar a comunicação. Às vezes acredito que, justamente por causa disso, ela anda se tornando cada vez mais difícil.

Chique no último!

Todo mundo gosta de ser chique. Até quem finge não se importar com isso. Ninguém gosta de espetar a coxa de frango com o garfo e vê-la sair voando para o prato do vizinho. Ou de chegar a uma festa de camiseta e descobrir que os convidados estão de paletó e gravata. Os esnobes costumam dizer:

— Ser chique é ser simples! É ser quem você é.

Puro disfarce! As peruas não querem confessar as horas torturantes no cabeleireiro, os pavões fingem não se importar, enquanto exibem a gravata de grife. Constatei que estava por fora quando uns amigos foram jantar em casa. Servi o vinho. Adoraram. Não resisti:

— É um vinho baratíssimo!

Contei o preço, orgulhoso da minha descoberta. Silêncio geral. Um amigo, enólogo, pegou a garrafa, examinou o rótulo.

— Certamente é de segunda linha! — concluiu.

Quase entrei embaixo da mesa. Não podia ter fechado o bico? Fingido que tinha pago mil dólares a garrafa? Oh, língua!

— Chique é nunca falar quanto custa alguma coisa! — aconselhou outro conviva.

Em seguida, foi além. Eu havia colocado as facas do modo errado, com o corte para fora. Uma gafe.

— O corte tem que ficar para dentro. Senão, é muito agressivo.

— Agressivo? Vão pensar que pretendo assassinar alguém? — rosnei.

E chique, é dar lição de etiqueta para o dono da casa? Francamente!

Às vezes acho que tentar ser elegante é o melhor jeito de enlouquecer! Dia desses, descobri um grupo na internet — mais precisamente, uma comunidade do Orkut — sobre o que é ser chique. Tem mais de 1.500 pessoas! Ficam batendo papo, trocando dicas. Entrei em uma discussão sobre magreza. Bem a propósito. Nos últimos tempos, a Humanidade parece acreditar que bonito é ser esguio como um fio de macarrão cozido. Bonito até pode ser, mas *sexy*... A discussão pegou fogo. Alguém argumentou:

— Mas o Jô Soares é chique!

Bingo! Ninguém pode argumentar que o gordo mais famoso do país não seja elegante. Tem estilo. Veio o toque decisivo.

— Há uma porção de modelos magérrimas que não pode abrir a boca!

Uma das participantes confessou:

— O salão de beleza é minha segunda casa!

Outra contrapôs:

— Bom é assumir os cabelos cacheados!

Fiquei pensando: por que tantas mulheres veneram cabelos lisos? Escaldam a cabeça. Fazem chapinha?

Acompanhei uma longa discussão sobre se escarpim alto combina com saias curtas. A conclusão foi: sim! Desde que seja preto com saia escura.

Gravata com camisa de manga curta? Reprovadíssimo! Pior mesmo, homem de bermuda, sapato social e meia esticadinha. Horror dos horrores, a bolsa pochete.

— Ainda mais de couro! — alvejou uma garota.

Comprovei: pantufas têm seu charme. Existem de leõezinhos, de joaninhas, de cãezinhos.

— Tenho uma de sapinhos que levo para todo lugar. Uma porção de gente quer saber onde comprei! — revelou uma jovem.

Um tema conquistou a unanimidade: adesivo de carro é brega. O grupo da internet fez um *ranking* dos piores:

"Nas curvas do teu corpo capotei meu coração"

"Aqui só entra avião"

"Nóis capota mais num breca"

"Tá veio mais tá pago"

Todo mundo fez piada. Até que uma garota confessou:

— Sempre tive horror de adesivo de carro. Mas não resisti e botei a foto do meu cachorrinho colada, bem no cantinho...

Unanimidade geral novamente: cachorrinho pode!

Gostei. Não passo o tempo todo querendo ser chique. Também, não pretendo ser confundido com um homem das cavernas! Ser chique pode não ser a coisa mais importante do mundo. Mas que é gostoso... ah, é!

Os pequenos malabaristas

Paro no semáforo. Um garoto muito desajeitado entra na frente do carro. Começa a agitar dois pedaços de madeira. Gira um, gira outro. Derruba no chão. Pega e volta a tentar o malabarismo. Vem a luz verde. Ele corre na minha janela. Quando entrego uma cédula, uma amiga, no banco do passageiro, reclama.

— Você não devia ter dado.

Na minha opinião, não se trata propriamente de esmola.

— Pelo menos, ele está tentando fazer alguma coisa para ganhar o dinheiro. Se continuar insistindo, pode vir a ser até um bom malabarista.

De fato. Outro dia, assisti o desempenho de outro menino, com três bolas, que jogava para o ar e pegava, uma atrás da outra. Até gostei. Minha amiga explicou didaticamente.

— Existem máfias que exploram esses garotos. Se você der o dinheiro, está ajudando os bandidos.

Já ouvi essa acusação muitas outras vezes. É possível, mais ainda, provável.

— Mas se eu não der o dinheiro, aí que não estou ajudando coisa nenhuma.

Houve uma época em que, mal parava no semáforo, alguém jogava um balde d'água no meu vidro. Depois, limpava. Um serviço não pedido que, frequentemente, causava mau humor. Serei franco. Não costumo andar com dinheiro. Moedas, boto em um vidro e depois troco todas de uma vez. Por um motivo simples. As moedas pesam no bolso. Minha barriga há tempos está pior do que a de Papai Noel. As calças escorregam até embaixo do umbigo. Costumo andar pisando nas barras. Com o peso das moedas, uma ou duas vezes quase fiquei de cuecas na rua.

Cada vez que alguém jogava água no meu vidro, eu me sentia na obrigação de avisar que não tinha dinheiro. Recebia de volta um olhar de péssimo humor. Pior, de descrença. Quem passa os dias numa esquina limpando vidros simplesmente não acredita em um motorista que diz estar a nenhum!

Do ponto de vista humano, entretanto, sempre considerei mais correta a atitude de querer fazer alguma coisa para merecer o auxílio. Noite dessas, por exemplo, parei em um viaduto perto da AACD. Um deficiente físico já adulto bateu no meu vidro. Fiz um gesto para indicar que estava sem nada. Ele começou a gritar comigo. Fugi. Os meninos malabaristas sorriem, tentam fazer seu espetáculo. Confio que em breve os pequenos paulistanos também estarão dando verdadeiros *shows*. Embora, eventualmente, possa haver um ou outro vidro arrebentado após um *show* de bolas. Já vi, em outras ocasiões, palhaços maquiados, gente fantasiada. De fato, dia desses me deparei com um engolidor de fogo. Fiquei bem apavorado enquanto ele engolia chamas no meio da rua. Um errinho... e até eu poderia estar no meio da fogueira! Enfim... no futuro um folheto turístico sobre a cidade poderá até fazer referência aos números circenses exercidos nos semáforos.

Muitas pessoas que conheço compartilham a opinião de minha amiga! Não concordam em pagar pelos *shows* de semáforos. O discurso é sempre o mesmo, e não posso negar que tem sua lógica.

— Essas crianças não deveriam estar na esquina, mas estudando — explica um conhecido.

Concordo. Mas também sou realista. A verdade, só quem sabe, são essas crianças. Talvez o pouco que consigam seja essencial para a sobrevivência. Certamente praticar malabarismo é uma alternativa bem melhor que assaltar. Mas não tenho certeza do que é certo ou errado, nessa situação. Sou só um sujeito que anda olhando o mundo com perplexidade cada vez maior. Fico confuso, às vezes não sei o que é certo ou errado, melhor ou pior. Tenho vontade de ajudar, de pagar meu "ingresso" até pelos números malfeitos. Fico pensando: que mundo é esse onde até um gesto de caridade é motivo de dúvida?

Diários na web

Eu andava supercurioso a respeito dos *blogs*. Para quem não sabe, é uma espécie de diário que alguém coloca na internet, em geral assinado por pseudônimo. Liberdade total. Alguns comentam sobre a vida. Outros revelam intimidades de arrepiar! Recentemente, um amigo me forneceu o "endereço" de seu *blog*. Fui ler. Lá pelas tantas, ele falava de nosso último almoço. Concluía que nossa amizade estava no fim! Liguei imediatamente:

— Eu não briguei com você, briguei?

Esclarecemos o mal-estar. Aproveitei para saber como localizar outros *blogs*. Adolescentes sabem fazer isso de olhos fechados. Mas um velhusco como eu tem certa dificuldade. Descobri endereços que abrigam uma enormidade de *blogs*! Como uma grande biblioteca onde se pode entrar, escolher o livro e abrir. Mas é a vida real! Infinitamente verdadeira. Sou do tempo em que ainda se fazia diário com chavinha! Imaginem a chance de ler quantos quiser! Entrei no primeiro. Um adolescente contava como entrou no elevador ao mesmo tempo que a vizinha trintona. Olhou o decote. Ela retribuiu com um sorriso.

— Oi! — disse ele.

— Oi! — respondeu ela.

Começou a conversa, com piscadas de parte a parte. O elevador parou no quarto andar, o dele. O garotão desceu enquanto a moça continuava até o décimo quarto. Ele ficou se lastimando, pensando no que mais poderia ter dito. Só isso. Um flagrante da vida real. Ri com outro, sugestivamente chamado "Hálito de Virgem". A autora propõe uma campanha para criar nova lei. Segundo a qual todos os salões de beleza seriam obrigados a assinar revistas interessantes! Alguns são divertidos já no título, como o "Pensar enlouquece. Pense nisso". Um rapaz adverte: "Perdi os óculos. Isso quer dizer que estou mais perigoso no trânsito".

São relatados todos os tipos de experiências, até as sociológicas. Uma garota foi entrevistar camelôs para entender o mundo dos excluídos. Quase caiu dura ao descobrir que o primeiro com quem falou tinha o segundo ano de faculdade de Filosofia! Mais tarde, outro lhe explicou longamente a contradição entre capital e trabalho, na melhor retórica marxista. De queixo caído, a estudante descobriu que excluída estava ela. Da realidade. Outra reage contra o mito da Cinderela. "Foi por causa dessa besta da Cinderela que acreditei em príncipe encantado!", reclama. Em busca do tal príncipe, aos 27 anos já se casou três vezes! Uma internauta reflete: "qual é a hora certa de romper uma amizade, de terminar um amor?"

"Emoções e Magias" oferece receitas do tipo: "Para Realizar um Desejo... pegue uma folha de papel branco e..." Achei ótimo o título sarcástico de um *blog*: "Viver Faz Mal à Saúde". Fiquei tocado pela mensagem otimista de uma garota que viveu nos Estados Unidos, onde trabalhou como babá. Ao voltar, não conseguia emprego. Finalmente, comemorava um lugar como secretária. "Meu Futuro me acena sorrindo e eu aceno de volta para ele. Não tenho certeza, mas acho que estamos namorando".

Tal é o sucesso dos *blogs* que o autor de "Escrevescreve" assusta-se: "Foram mais de trezentos acessos só esta tarde. Será que foi alguma coisa que eu escrevi?"

Saí fascinado do passeio pela web. Acredito que os *blogs* são uma grande revolução. Sei de gente que tem amigos em outros estados, com quem compartilha de todas as intimidades — e haja intimidade nisso! Sem nunca terem se conhecido pessoalmente! Será uma nova forma de amizade? No futuro, todo relacionamento vai ser assim?

FERNANDO BONASSI

Carnaval de paulista
Engenharia genética
Três instantâneos em trânsito
Os caçadores
O fluxo infindável dos parasitas
História da vida privada

Carnaval de paulista

Vai chegando sexta-feira e a cidade se estrangula. A pressa, o estresse, a ferveção. O trânsito, a gritaria, a poluição. Apitam os trens saindo pelo ladrão. As rodoviárias atoladas por mochilas desbeiçadas. Mãos bobas que são passadas. Carteiras que são roubadas. Crianças que são perdidas. Palavrões arremessados pelos ônibus lotados. Nos aeroportos atrasados, aviões de carreira engolem os pacotes das esteiras. Os assentos reservados não dão conta do recado. Desafiam as leis da física, esmagando os traseiros dos clientes passageiros. Mas voam, viajam carregando as expectativas dessas almas fugitivas. São amigos, são colegas, são cachorros. São amantes, são parentes, são estorvos. Entediados, enteados, entendidos. São os filhos, são esposas, são maridos. Todos querem paz. Todos querem mais. E vão em frente! O que dizer dos carros que despencam pelas serras? Correm às praias mais amenas aqueles doentes do pé ou ruins da cabeça, querendo arejar as ideias. Procuram praias, merecem férias. Não querem samba. Cansados de trabalhar, esnobam a cultura popular, buscando apenas um lugar pra se esticar: uma sombra, uma espreguiçadeira, um quiosque, um bar. Têm sacolas cheias de provisão, as malas transbordando de excitação. Comem espetinhos de frango nos postos de gasolina, onde batucam os meninos e rebolam as meninas. Os que vão para as fazendas mais distantes, trazem livros na bagagem pra distração de suas estantes. Ninguém lê nessa época de fortes estímulos visuais: rostos em sorriso, peitos espremidos, coxas monumentais. Uma bateria de peladas nos anúncios dos jornais. Quem pode querer mais? O suor que escorre dessas páginas e os detalhes das calcinhas que revelam suas mágicas inspiram nos leitores pensamentos reveladores. Na TV, por força do movimento das imagens, sobram carnes e estimulam-se as saca-nagens. São políticos, jogadores, são artistas. São juízes, são doutores, vigaristas. Nos fundos dos camarotes patrocinados, entre surdos golpeados, alimentam-se e bebericam à custa do empresaria-do. As mulatas chacoalhando as cadeiras fazem inveja às mais travadas brasileiras, que, muito bem sentadas, desatam a falar mal do país do carnaval. Na verdade, cada um sacode como pode... Travestis de gala também invadem a sala. São avaliados por seus dotes fabricados. Nos confundem a natureza com outros padrões de beleza. Por que não? Quem tem culpa pela confusão? Quanto às virgindades que se perdem nessa época de variedades, é bom lembrar aos moralistas de fachada: quarta-feira de cinzas encontra a todos com a mesma cara lavada. Volta ao serviço a honorável paulistada.

Engenharia genética

São reis com a majestade de traficantes; traficantes com a ginga de artilheiros; artilheiros com a fama de modelos; modelos com estilo de políticos; políticos com lógica de industriais; industriais com a benevolência de assistentes sociais; assistentes sociais com sabedoria de economistas; economistas com projetos de cineastas; cineastas com estratégias de gerentes de *marketing*; gerentes de *marketing* com discursos de curadores; curadores com angústias de escritores; escritores com compromissos de padres; padres com vocação de psicólogos; psicólogos com animação de jornalistas; jornalistas com a criatividade de escriturários; escriturários com texto de publicitários; publicitários com *performance* de atores; atores com carisma de pastores; pastores com a mística de juízes; juízes com isenção de militares; militares com a vaidade de diplomatas; diplomatas com ideias de psicopata; psicopatas com serenidade de budistas; budistas com desejos de classe média; classe média com aspirações metafísicas; metafísicos com a tenacidade de jogadores; jogadores com culpa de banqueiros; banqueiros com elegância de *miss*; *misses* com ambição de operadores da bolsa; operadores da bolsa com técnicas de domadores; domadores com sutilezas de sociólogos; sociólogos com rigor de ortopedistas; ortopedistas com a precisão de encanadores; encanadores com ares de arquiteto; arquitetos com projetos de engenheiros; engenheiros com a clareza de seguranças; seguranças com a disciplina de roteiristas de televisão; roteiristas de televisão com a originalidade de prensistas; prensistas com atenção de investigadores de polícia; investigadores de polícia com brilho de animadores de auditório; animadores de auditório com modos de açougueiro; açougueiros com ambiguidade de meteorologistas; meteorologistas com reflexos de oculistas; oculistas com visão de ginecologistas; ginecologistas com técnicas de taxistas; taxistas com exigências de reis. Biotecnologia nacional. Conheça a linha completa. Preços reduzidos! Desconto na aquisição de pacotes múltiplos! Vários planos de financiamento. Ligue agora! Entrega-se em domicílio em qualquer parte do país. Aceitamos cheque pré & parcelamento em todos os cartões de crédito. Frete incluso.

Três instantâneos em trânsito

1 RETRATO DE ACIDENTE SEM VÍTIMAS

Feito antiga escultura desses tempos velozes, um carro de nariz quebrado beija o poste mais recôndito. Calotas espirradas sem cerimônia de pneus murchinhos, além de aros e argolas de alumínio, morrem na praia das calçadas de ressaca. Cego pelos faróis, arreganha portas pra todos os estranhos. Bolsas esquecidas a propósito de uma pressa desnecessária nesta situação sinistra. Bonecos de estimação, aterrorizados, grudam-se coloridos nas janelas trincadas de espanto. Flanelas desfraldadas ao relento. E esse asfalto crocante nas sandálias?! Lâminas desenganadas ameaçam nossos pulsos!

Quem vai pagar a gasolina dos curiosos que se esvaem por todo lado do trânsito parado?

2 RETRATO DE ACIDENTE COM FERIDOS

Seria milagre suficiente ter um escapado tão rápido das latas que avançaram e na sarjeta são cinco os atordoados que se perguntam, comendo cacos de vidro espetados na gengiva. Fios de sangue viscoso das testas como o óleo que baba do cárter rachado. Se tudo isso é leve, só passado no raio X dos PSs distantes, aos quais UTIs helicópteras levarão as ocorrências voando, de sirene em riste. Resta aos urgentes bombeiros de terra, por enquanto, adivinhar as fraturas por encanto. Num celular achado na esquina, tranquilizam-se as famílias e anunciam-se os atrasos (que não serão poucos). *"Quase sete vidas gastas!"*, diz quem passa.

3 RETRATO DE ACIDENTE COM VÍTIMA FATAL

Tá lá o cadáver esquisito estendido no chão. Como foi parar, só com muita perícia. Apenas se sabe daquele carro, indefinível nas marcas em que foi deixado. Socorro urgente perde viagem. Tão morto que só as latas estalam em torno. Tão torto que ossos quebram pelo chassi e dobram-se em tufos de bancos espalhados. Parafusos espetados em furos escavados. Hematomas fatais entupiram as fossas nasais! Velocímetro impudente parado no talo. O motor esganado a céu aberto. Espelhos partidos no maior azar. Sem cinto pra se escorar, morreu prensado pelas circunstâncias. Afogado em jornais reciclados de ontem, espera velas & rabecões. Quem vivo vê, sonha com bicho.

Os caçadores

Os peixes caçam. Os insetos caçam. Os roedores e os felinos caçam, como caçam os passarinhos indefesos. Pode ser por um cuidado, pode ser por um alpiste! As raízes sedentas das plantas caçam minerais desanimados pra tornarem-se fortes. Os animais podem hibernar nos invernos gordurosos, mas chega o tempo quente em que se erguem urgentes, magros e caçam. Você, por exemplo, também caça. Até pode ficar escondido em casa, protegido por móveis e utensílios, parentes e paredes, mas só nos tornamos adultos respeitados integrando as tribos de caçadores ousados que se afastam das saias das mamães. Tudo é caça na floresta encantada da mocidade, essa é que é a verdade. Alguns homens caçam melhor à noite, porque sabem que há algo de estimulante no escuro das madrugadas sonolentas. Outros preferem às claras, mas mesmo esses não deixam de usar as suas armadilhas escondidas pras coisas mais queridas. Algumas meninas caçam casa, noivam de alianças, criam barrigas. Outras se lançam nas esquinas, caçam riscos, coçam feridas. Cada um sabe o que lhe convém. Por mal ou por bem. Porque há os que caçam a entrada na vida e os que procuram saída na morte, perdendo-se por roletas russas de aceleradores esmagados com cachaça, seringas contaminadas divididas em desconfiança e sexo descamisado nos motéis baratos. A gente caça pra beijar, caça pra falar, pra sentir. Caça por caçar, pelo puro prazer de assassinar. Caça pra calar, pra falar, pra subir. Miseráveis caçam doutores, policiais caçam contraventores, usuários caçam fornecedores. A gente cerca a presa, põe a mesa, seduz até a loucura e só quando ela está madura... soltamos o veneno. Ainda ficamos comovidos com os cadáveres abatidos, mas por pouco tempo. Há algo de pornográfico em tudo isso, mas ninguém gosta de moral na história quando goza seus prazeres. Assim, a vítima paralisada sofre em agonia. Quem tem dó da própria comida? São malandros que caçam otários, desempregados que caçam salários, pastores que caçam o perdão. Alguém será perdoado por seu instinto mal afamado? Como não culpar um Deus cheio de martírios sangrentos pelos suplícios das caçadas lavadas de vermelho? Nós caçamos porque precisamos morder, porque precisamos comer, porque precisamos apanhar pra aprender. Há caçadores sádicos que evitam, mas há vítimas masoquistas que não. Os opostos complementares se conjugam nessas tragédias mutuamente excitantes. Caçamos de tudo um pouco, querendo muito, pedindo mais. O fato é que se num dia você está por cima do muro, no outro pode estar no fio da navalha. Pise com cuidado! Um dia você caça, no outro é caçado.

O fluxo infindável dos parasitas

Você nasce. Há os que chamam a isso de milagre, outros de natureza e, alguns, de azar. Já neste instante você se agarra à primeira oportunidade que encontra. Está ali ao seu lado e você vai precisar de alguém para viver. Pode ser esta ou aquele. Você não é exigente. "Eficiência" é a palavra de sua preferência. Assim como existe, vai depender para morrer, mas essa parte é mais adiante. Perecer ainda é um evento distante pra quem acabou de se instalar. Por enquanto você vive e age para atrasar, encostar, ficar... Não é um paradoxo. É um reflexo. Não é menos perdoável, de todo modo. De todo modo, é notável que para todos os efeitos das maneiras dos seus jeitos, você se ajeita, e é o que basta. É apenas um bostinha por enquanto, é claro; mas é certo que você vai crescer como um troço horroroso. Não porque queira, mas porque está traçado em seu código de ética. Genética até que tem a ver com isso, mas ainda é uma ciência muito jovem para entender a falta de moral e o excesso de malandragens de empresas como a sua. Seu negócio é o de um ser insignificante que vai se transformando num monstro escandaloso de especulação. Um porco rugoso e manhoso, uma aberração sebosa de acumulação. Toda essa transformação animal fabulosa demanda energia biológica considerável. Não a sua, desprezável porque inexistente, mas a alheia e indiferente, aquela que o abastece. Absterse de produzir o seu próprio alimento é a condição danosa de sua nutrição psicológica, metafísica, escatológica... um carma venéreo e antigo nessas terras férteis de coliformes subsidiados. Está registrado em filmes temerários e câmeras de televisão. São documentários incendiários em que você aparece como um vilão que não quer de nada mau de onde vai tirar tudo de bom para si. É assim, à revelia. Num dia de campanha para se estabelecer, por exemplo, faz por merecer. É quase um troco para a situação de quem já lesou tantos tontos. Mas convém ter algum cuidado safado, dar um pouco de atenção. É bom que seja mínimo, leve, uma fração. Não pode ser de cara que você mostra seu caráter. Você é esquivo, como tudo que é lesivo e insidioso. Seu pequeno interesse é tamanho que desenvolve um gigantesco conhecimento tacanho e típico do ego nojento dos jumentos/morcegos de sua espécie. Sua burrice consciente é, no entanto, uma ideia muito inteligente! Você exige demais de mais gente e pensa que a fonte seca no instante em que deixa de sugá-la, como se lhe desse força quando na verdade quer matá-la de trabalho. Você não presta. Frequentemente não acha que pode prejudicar o mundo. Você é um verme vernacular, falando sem parar, pra distrair, ludibriar. Você sabe o que fez e diz que fará outra vez. Os hospedeiros hospitaleiros haverão de votar em confiança para que lhes tire a força, a paciência e a esperança. Este é o seu projeto e o futuro adeus a Deus pertence, não é fato? Não é verdade que você e ele têm um pacto fatal? "Você é o diabo venal que lhe justifica a existência de bondade no erro primitivo da criação!" — não é um bom argumento para um desses tribunais de inquisição? Isso, de todo modo, não lhe perdoa. Nem ao criador, muito menos a você, seu criado. Você nem é exatamente o culpado. Também não é um inocente acovardado. É mais ignorante, folgado e sórdido. O que você tem na cabeça não é muito diferente do que tem no intestino, estômago ou no coração. É a ação de suas fezes e sucos gástricos que tornam ácidos seus pensamentos em corrosão.

Nessas poucas vezes em que pensa, quando pensa, pensa nada... não é louco de pensar o contrário de sua razão, que é pegar, usar e descartar. O pensamento pode ser um esforço estéril para uns onde outros fertilizam quaisquer soluções para os seus problemas. Não é o caso de sua história incoerente, cujos maltrapilhos contam-se por si sós nessas rodas recorrentes onde afogam as mágoas em águas ardentes. Você é o comensal indeferido na bacanal dos preferidos, mas não se enxerga. É cego como a mula que adula sem ser notada. Será minúsculo assim, mesmo quando evoluir (o que não deve acontecer) e assim que estiver terminado. Seu cadáver não encontrará sossego nas sepulturas enjeitadas. Estarão abandonadas e enterradas pelo medo e desprezo que o seu interesse extremo causou às vítimas indefesas. É um problema seu, mas você espera que outros o resolvam. São seu alimento, seu calor, sua segurança. Como não é de confiança, se espera que você desapareça, mas você funciona é enquanto espirra, enquanto explora, enquanto vaza; quando morde, quando beija, quando explode. Você é uma poça, uma bomba, uma doença. Um líquido que se espalha e contamina. É uma ação da gravidade. A gravidade dessas coisas parecem não lhe dizer respeito, mas para você tudo importa. É sua existência que está em questão. Você não questiona nada. Monta nas costas das situações mais adversas, tirando diversos proveitos de quem fica por cima, metendo-nos o que não foi pedido, transformando-nos nestes coitados combalidos. Mesmo que venha a estar por baixo, será apenas ter escolhido a melhor posição de estar à frente. Não que essa afirmação de impessoalidade seja clara em meio às manias obscuras que o assolam. Você prefere negar. Negar tudo. Você vai negar e renegar tudo. Mesmo o que procura você nega. O que disse, o que escreveu, os bastardos que fez e contas estrangeiras que abasteceu com dinheiro fedido e suado por alguém de sua podridão. Você nega até o fim. Então, diante da hipótese irrecusável de sua responsabilidade, você não assume, mas se arrepende... se arrepende, ajoelha e pede desculpas, até o novo ataque.

História da vida privada

Pezinhos inocentes carimbados em papéis oficiais. Cordões umbilicais congelados à base de prestações mensais. Marcas digitais, cólicas habituais, noites em claro. Certidões lavradas em cartórios hereditários. Carteiras de vacinas, pesos e medidas. Médicos pediatras, gastroclínicos, homeopatas. A cama arrumada, a mesa colocada, o banho aconchegante. As unhas cortadas, a cera dos ouvidos, a percepção dos sentidos, a meleca da narina, o cocô e a urina da fralda descartável. O peito admirável, a maternidade inquestionável e o nível de glóbulos vermelhos. Maus conselhos, maus estímulos, intestinos preguiçosos. Dores lancinantes, sonhos delirantes, desejos alucinantes. A saliva da escova de dente, o travesseiro recentemente usado, o cheiro do banheiro fechado. O sorriso gelado, o espasmo repentino, o balido canino. O DNA, o PHD, a PQP. Médicos ginecologistas, doenças venéreas, acnes e espinhas espremidas em desalento para as cerimônias de conversão e casamento. A sofreguidão impaciente, as torrentes de paixões incandescentes. Meias verdades aprendidas aos trancos e barrancos, meias fétidas abandonadas nos quartos adolescentes. Os lenços bordados, os lençóis manchados, os endereços passados. A decoração dos adereços escolhidos, as alianças gravadas, os compromissos assumidos. Fechaduras espiadas, absorventes higiênicos, preservativos lubrificados e curativos arranhados. Autoestima, automóveis, autoramas. Descarregos de encostos, trabalhos de macumba, muamba comprada na calada da mala dos contrabandistas e gravuras de artistas assinadas. A criatividade assassinada pela miséria dos salários acumulados, comprados e vendidos. Relíquias macabras e profanas socadas nos fundos dos armários ordinários, carnês de crediário amarrotados, perucas coloridas, ações ao portador, uma bolsa adormecida num cobertor dobrado, órgãos naturais e implantados, malas sem alça arremessadas por gerações nos porões úmidos e gelatinosos da ingratidão. Uma abstração. Uma visão. Uma viagem. Um diário abortado, dezenas de agendas esganadas, encapadas, empenadas e encardidas. Fotografias amareladas, bilhetes dobrados, lenços guardados, mapas de tesouros perdidos. Hinos cantados com desleixo. Porradas diretas no queixo. Amores atraiçoados por interesse ou omissão. O escárnio, o estresse, a explosão. Decisões mesquinhas. Sentenças injustas. Crimes indelicados. As pressas absurdas, as preces fervorosas e as pragas rancorosas. Terços ralados em desespero. O esmero das promessas, as justificativas para as dívidas, as razões para as dúvidas e os documentos pessoais. As pendengas judiciais em processos imorais. Envelopes perfumados, dentes de leite mumificados, cachos de cabelo penteados com enlevo decrescente, gavetas reviradas em síndromes de abstinência e segredos urgentes expostos à violência dos próprios animais dependentes órfãos e feridos demais. Senhas bancárias intercontinentais, a masturbação diária, os aparelhos genitais. As primeiras vezes, os revezes, os desfechos, os recomeços. Diplomas conformados em molduras douradas em meio a múltiplos conhecimentos subdesenvolvidos, intrigas e fofocas. Uma família criada entre quatro paredes de segredos pensando apunhalarem-se pelas costas. Os motivos da rusga, os pneus da barriga e as rugas do rosto. Certos números, certas memórias, certas cicatrizes. A psicanálise dos seus contos de fadas, as primeiras trepadas e a vergonha da cara. Acordos, acertos, chantagens. Telefonemas escondidos, casos rumorosos e recados cifrados apontados em bilhetes. Ramalhetes arremessados por vidros escancarados. Marcas fulgurantes de batom nos colarinhos. Os lábios impressos nas taças de vinho. As orgias rituais, as loucuras permanentes e as manias ocasionais. Ideias esquisitas, juramentos inquietantes, arrependimentos monumentais. As culpas dilacerantes, os orgasmos triunfantes e os bens de capitais doados em êxtase marital. Posição política, posição moral, posição sexual. Fetiches emplumados, frieiras ardidas e cutículas comidas em festas esquisitas. Dejetos, despojos, despejos. Os dinheiros suados, os encontros marcados, isqueiros furtados, cigarros babados fumados em becos escuros e carros parados. Os vícios satisfeitos, os votos suspeitos, as juras de fidelidade. O diabo da vaidade. O valor subjetivo. O gosto indiscutível. As melhores intenções. Um cantinho, um violão, um revólver novinho, uma antiga confusão. Uma música. Uma data. Um beijo. Um tapa. Centenas de pecados inconformados. Milhares de desejos obscuros, milhões de pensamentos obtusos. Devoções inconfessáveis, pactos irresponsáveis e relações perigosas. Confissões vergonhosas. A intervenção cirúrgica, a extrema unção litúrgica e as enfermidades espalhadas pelas saúdes debilitadas. A náusea indignada, a ressaca procurada e a parada cardíaca. Os médicos geriatras mandando a conta salgada disso tudo. O preço que se paga neste mundo. A imunda mortalha que se leva. A memória escandalosa que se conta. O desconto doloso do último cheque nominal. A doença terminal e a morte anunciada. O ar que se respira e o instante em que expira. Algumas palavras sem sentido. Uma conversa afiada, triste, trágica. Um suspiro. Um gemido. Um lamento. Mais nada. O corpo presente. As flores usadas. O caixão dos defuntos. Os presuntos e as ossadas.

NOTAS BIOGRÁFICAS

CARLOS HEITOR CONY

Autor de mais de uma dezena de romances, cronista de alguns dos mais importantes jornais do país, Cony nasceu no Rio de Janeiro em 1926. Depois de ingressar no seminário, desiste de ser padre em 1945 e entra na Faculdade Nacional de Filosofia da Universidade do Brasil (hoje Universidade Federal do Rio de Janeiro) – que abandona logo depois para se dedicar ao jornalismo. Escreve seu primeiro romance, *O ventre*, em 1956. Seguem-se livros como *Informação ao crucificado* (1961), *Matéria de memória* (1962) e *Pessach: A travessia* (1967). Após lançar *Pilatos* (1974), passa vinte anos sem escrever ficção, até a publicação de *Quase memória* (1995), livro que marcou seu retorno à literatura, culminando com sua eleição para a Academia Brasileira de Letras em 2000. Como jornalista, começou a assinar em 1961 a coluna "Da arte de falar mal", no *Correio da Manhã*, onde, após o golpe de 64, denunciaria as arbitrariedades do regime militar (fato que o obrigou a desligar-se do jornal em 1965 e o levou à prisão por seis vezes). Em 1963, passa a escrever uma coluna na *Folha de S.Paulo*, revezando com Cecília Meireles. Depois de longo período na revista *Manchete*, volta à *Folha de S.Paulo*, em 1993 — onde passa a escrever colunas de onde foram extraídas as crônicas publicadas nesta antologia.

DOMINGOS PELLEGRINI

Paranaense de Londrina, onde nasceu em 1949, Pellegrini formou-se em letras, trabalhou com publicidade e, como jornalista, foi repórter, redator e editor da *Folha de Londrina* e do *Jornal Panorama* (também de Londrina) entre 1968 e 1975. Ganhador dos prêmios Jabuti de 1977 (com seu livro de estreia, o volume de contos *O homem vermelho*) e de 2001 (com o romance *O caso da chácara chão*), é autor de uma extensa obra, que inclui títulos como *A última tropa*, *Água luminosa*, *As batalhas do castelo*, *O dia em que choveu cinza* e *Questão de honra* (todos pela Moderna). Atualmente, vive numa chácara nos arredores de sua cidade natal e colabora com diversos jornais de onde foram tirados os textos aqui reproduzidos.

FERNANDO BONASSI

Autor de *Subúrbio* — romance que inaugurou uma nova fase da literatura brasileira contemporânea —, esse paulistano nascido em 1962 atua em vários *fronts*. Roteirista de cinema, dramaturgo (autor de *Apocalipse 1,11*, peça baseada na chacina dos presidiários do Carandiru, em 1992), Bonassi também é um renovador da crônica brasileira. Primeiramente, assinou na *Folha de S.Paulo* uma coluna em que fazia pequenos textos de um único parágrafo, registrando momentos da vida urbana com violência e intensidade. Esse formato gerou um tipo de miniconto ou minicrônica que ele voltaria a explorar em livros como *100 histórias colhidas na rua* (1996) e *Passaporte* (2001) — e de que são exemplos os "Três instantâneos em trânsito" publicados nesta antologia. Posteriormente, Bonassi passou a assinar uma coluna no caderno "Ilustrada" (também da *Folha de S.Paulo*). Ali, criou para a crônica uma dicção próxima do conto, tratando de temas da realidade concreta por meio de personagens ou vozes imaginárias, ampliando assim os limites do gênero — como também pode ser visto nos textos incluídos nesta antologia.

IGNÁCIO DE LOYOLA BRANDÃO

Nascido em Araraquara em 1936, Loyola se mudou para São Paulo em 1957, tornando-se um dos mais argutos e inventivos cronistas da cidade, além de renovador da prosa urbana brasileira. Depois de estrear com o romance *Bebel que a cidade comeu* (1968), escreve *Zero*, um livro experimental, polifônico, com colagens de *slogans*, imagens e textos publicitários que captam a fragmentação da metrópole pós-moderna. Considerado subversivo, o livro teve de ser publicado primeiramente na Itália, em 1974 (a edição brasileira, de 1975, seria liberada pela censura em 1979). Seguem-se *Não verás país nenhum* ("romance de antecipação" lançado em 1981, sobre um Brasil pós-era nuclear, devastado pela catástrofe ecológica), vários volumes de contos e crônicas e, mais recentemente, *O anônimo célebre* (romance de 2002 que satiriza a "sociedade do espetáculo"). Em 1990, assumiu a direção da revista *Vogue* e passou a escrever crônicas para a *Folha da Tarde*. Desde 1993, é cronista do jornal *O Estado de S. Paulo* — de onde foram tirados os textos publicados nesta antologia.

IVAN ANGELO

Natural de Barbacena (MG), onde nasceu em 1936, começou sua carreira de jornalista na revista *Complemento*, de Belo Horizonte, nos anos 1950. Desenvolveu uma obra ficcional que se insere no contexto da nova prosa urbana e do *boom* do conto brasileiro dos anos 1970, ao lado de autores como Rubem Fonseca, Sérgio Sant'Anna, Roberto Drummond e Ignácio de Loyola Brandão. Seu romance *A festa* (iniciado em 1963, mas só publicado em 1976) é um marco da literatura produzida sob o período mais repressivo do regime militar. Seguem-se os livros de contos *A casa de vidro* (1979) e *A face horrível* (1986). Paralelamente, manteve intensa atividade como cronista de diversos jornais e revistas. Atualmente é colaborador da revista *Veja São Paulo* – de onde foram extraídas as crônicas reproduzidas na presente antologia, com exceção de "Corações destroçados", publicada originalmente no jornal *O tempo*, de Belo Horizonte.

LOURENÇO DIAFÉRIA

Contista e autor de histórias infantis, Diaféria nasceu em São Paulo, em 1933, e sempre esteve ligado ao jornalismo. Cronista da *Folha de S. Paulo* entre 1964 e 1977, seria preso nesse ano e processado com base na Lei de Segurança Nacional por causa da publicação de um texto considerado ofensivo às Forças Armadas. Após sua absolvição, volta a atuar na *Folha*. Escreve sucessivamente para o *Jornal da Tarde*, para o *Diário Popular* e para o *Diário do Grande ABC* – sempre buscando flagrantes de poesia e humanidade nas personagens de São Paulo, cidade com a qual está profundamente identificado. As crônicas de Diaféria aqui publicadas incluem inéditos e textos dos jornais acima citados.

LUIS FERNANDO VERISSIMO

Nascido em Porto Alegre (RS), em 1936, filho do romancista Erico Verissimo, é autor de numerosos livros de crônicas, que reúnem textos publicados em jornais e revistas de diversos estados do país. Suas crônicas oscilam entre as "comédias da vida privada" (título de uma de suas coletâneas e de uma série de TV baseada em seus textos) e a crítica impiedosa das contradições da política brasileira. Criador de tipos inesquecíveis, como o Analista de Bagé, o detetive Ed Mort e a Velhinha de Taubaté, Verissimo também enveredou pela ficção, como nos romances *O clube dos anjos* (1998) e *Borges e os orangotangos eternos* (2000). As crônicas aqui publicadas foram escritas nos anos 1980, para a *Folha de S.Paulo*. Atualmente, Veríssimo é colunista dos jornais *O Globo* (Rio de Janeiro), *O Estado de S.Paulo* e *Zero Hora* (Porto Alegre).

MARINA COLASANTI

Nasceu em 1937, em Asmara (na Eritreia), e — depois de ter vivido por onze anos na Itália — veio com a família para o Brasil em 1948, radicando-se no Rio de Janeiro. Casada com o poeta e ensaísta Affonso Romano de Sant'Anna, foi colaboradora de vários periódicos, apresentadora de televisão e roteirista, trabalhando entre 1962 e 1973 no *Jornal do Brasil* e, entre 1977 e 1991, na revista *Nova*. Em 1968, publicou seu primeiro livro, *Eu sozinha*, dando início a uma extensa produção de ficção e literatura infantil, à qual se acrescentaria uma obra poética iniciada em 1992 com *Cada bicho seu capricho*. Reunidas em vários livros, suas crônicas lançam um olhar intimista, feminino, sobre a realidade do outro e a angústia dos momentos de solidão, mas também com sensibilidade para as situações insólitas e os devaneios interiores. As crônicas presentes na antologia foram publicadas no *Jornal do Brasil* e nas revistas *Diálogo* e *Chiques e Famosos*.

MARIO PRATA

Nascido em Uberaba (MG) em 1946, Prata passou a infância e adolescência em Lins, interior de São Paulo, onde começou a trabalhar como jornalista precocemente, aos 14 anos. Foi colaborador dos jornais *Última Hora*, *Folha de S.Paulo* e *O Pasquim*, e de revistas como *IstoÉ*, *Playboy*, *Status*, *Placar* e *Caros Amigo*s. Autor de peças de teatro e romances humorísticos (*James Lins, o playboy que não deu certo*, *Filho é bom, mas dura muito*, *Mas será o Benedito?*, *O diário de um magro*), escreveu um glossário satírico sobre os diferentes modos de falar no Brasil e em Portugal (*Schifaizfavoire, dicionário de português*) e um romance policial inteiramente *on-line* (*Os anjos de Badaró*). Colabora com as revistas *Vogue RG* e *BCP* e é colunista do jornal *O Estado de S. Paulo* e da revista *Época* — para os quais escreveu as crônicas incluídas nesta antologia.

WALCYR CARRASCO

Dramaturgo e roteirista de televisão, Carrasco nasceu em Bernardino de Campos (SP), em 1951. Mudou-se para São Paulo aos 15 anos, com a intenção de viver da literatura. Depois de cursar jornalismo na USP, trabalhou em redações de jornal, exercendo funções que vão desde escrever textos para coluna social até reportagem esportiva. Autor das peças de teatro *O terceiro beijo*, *Uma cama entre nós*, *Batom* e *êxtase*, escreveu os livros infantojuvenis *Irmão negro*, *O garoto da novela*, *A corrente da vida*, *O menino narigudo*, *Estrelas tortas*, *O anjo linguarudo* e *Mordidas que podem ser beijos* (todos pela Moderna). *O golpe do aniversariante* e *Pequenos delitos* reúnem parte de suas crônicas, publicadas originalmente pela revista *Veja São Paulo*, da qual extraímos os textos incluídos na presente antologia.